JN235353

ニートだけどハロワにいったら異世界につれてかれた
アンジェラ
山野マサル
サティ

ドレウィン
ヴォークト
ティリカ
エリザベス

「私はエリザベス。風メイジよ！　いい？
絶対に私の足をひっぱらないでよね！　わかった!?」
「あ、はい」

CONTENTS

ニートだけどハロワにいったら異世界につれてかれた

a
b
c
d
e
a ゴルバス砦
b 森の奥の湖
c 馬牧場
d シオリイの町
e 農園
The fields of siory

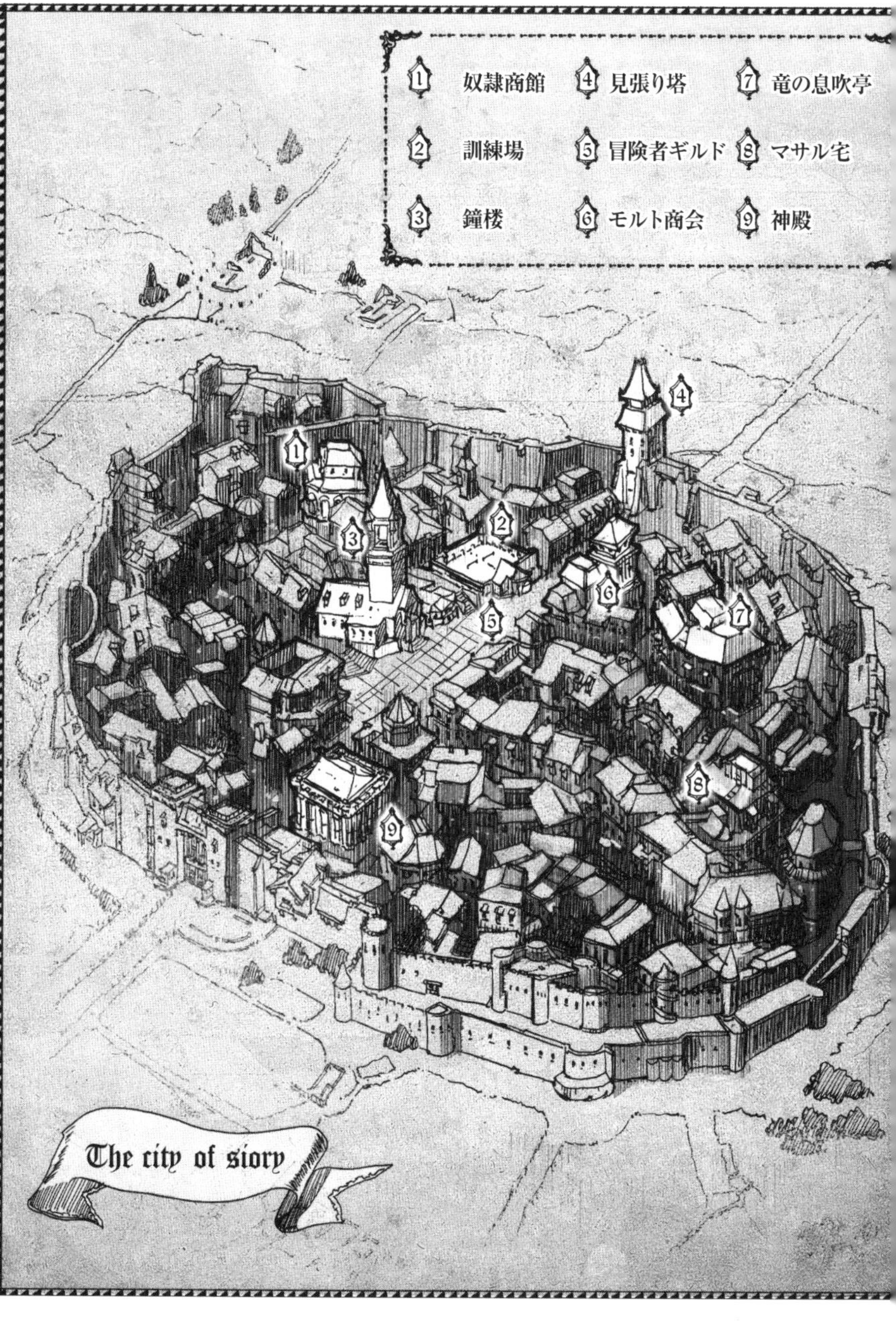
1 奴隷商館
4 見張り塔
7 竜の息吹亭
2 訓練場
5 冒険者ギルド
8 マサル宅
3 鐘楼
6 モルト商会
9 神殿
The city of siory

プロローグ　就職活動をしていたと思ったら異世界にいた

ラズグラドワールド――それは天界より見降ろせし諸神のための箱庭。
故にそこは箱庭世界ラズグラドワールドと呼ばれていた。

■■■■■■■■■■■

この世界、せっかくいい感じに仕上がってるのに、滅亡させるのもったいないなあ。また勇者でも作るか？　でも勇者も適性あるやつ探すの結構面倒だしなあ。

そうだ、今回は適当なやつに能力を与えて放り込んでみるか。

どんな能力がいいかな。このゲームの設定なんかいいな。こんな感じ？　なんか適当だな。うん、テストもそいつにやらせることにしよう。

ハロワに求人を出してっと……

お、もう誰か来たか。普段着？　履歴書もない？　いいよ、近いから直接来てよ。

これでよし。

だめだったらまた考えよう。最悪、滅亡してもやり直せばいい……

■■■■■■■■■■■■

俺の名前は山野《やまの》マサル、二三歳。ニートをやっている。

俺は今、ハローワークで求人票を眺めている。家でごろごろしていたかったのだが、いい加減お金が底を尽きそうだったので就職口を探している。

特に必死に探してるわけではない。探したけど仕事見つからなかったと言うと、親もそんなにうるさく言ってこないのだ。


そこでハロワに行って見つけた求人がこれである。

『剣と魔法のファンタジー　箱庭世界ラズグラドワールドのテストプレイ。長期間、泊まり込みのできる方。月給二五万＋歩合給』


その場ですぐに面接が決まり、歩いていける場所だったのでそのまま向かった。普段着だし履歴書もないのだが、それでもいいからすぐ来て欲しいとのことだった。

このあたりで怪しむべきであったが、いい仕事が見つかりそうだと俺はのんきに構えていた。

給料が出たら、まずは欲しかったあれとあれを……などと妄想しているうちに面接会場に到着し、スーツ姿のダンディなおじさんに迎えられた。

「連絡のあった山野マサルさんですね？　よくいらっしゃいました。わたしは担当の伊藤《いとう》と申します」

「はい、山野です。このような格好ですいませんが、よろしくお願いします。それでテストプレイとありましたがどのようなことをするんでしょう」

「ＲＰＧとかはおやりになります？」

「はい、大好物です」

「それなら話は早い。今回新しいスキルシステムを導入することになりまして、そのテストをお願いしたいのです」

　話しながら歩き、応接間らしき場所に通される。

「ラズグラドワールドは魔物とそれを倒す冒険者がいる、極めて普通の剣と魔法のファンタジーな世界となってましして、あ、こちら必要事項の記入をお願いします」

　一枚の紙に住所や名前、アンケートみたいなもの、もう一枚は契約書かな？　ペンをもらい順番に記入していく。

「テストは長期を予定しているのですが……」

「はい、わたくしフリーですので全然問題ありません」

「それはよかった。それが書けましたら、さっそくラズグラドワールドを体験してもらいましょうか」

「え、もう今日からいきなりですか？」

「ええ、できれば早いほうが。あ、書けました？　はいはい、必要事項は全部埋まってますね。では場所を移動しましょうか」

そうして俺はラズグラドワールドに降り立った。


「え？　え？」

周りは草原。

今の今まで応接間にいたはずだ。

「ではチュートリアルを行いましょう」

どこからか伊藤さんの声がする。姿は見えない。

「ちょ、ちょっと待ってください。ここはどこですか!?」

「どこって、ラズグラドワールドですよ。とりあえずメニューを開いてもらえますか？」

丁寧な口調だが、その言葉にはどこか威厳があり従ってしまう。

『メニュー』と考えると目の前にメニュー画面が開いた。名前にレベルに職業、スキルやアイテム欄が並ぶオーソドックスなものだ。職業はご丁寧にもニートとなっていた。

「アイテムを選択してください。ショートソードがありますね？　それを選択して装備してみてください」

言われるがままにショートソードを選択すると、手の中に剣が現れる。

「サービスで初期スキルに剣術レベル2、肉体強化レベル2を入れてあります」

なるほど、スキル欄にはその二つがある。

「ではまっすぐ進んでください。野ウサギが出てくるので倒してみてください」

言われるままに進むとサイズのでかいウサギが現れた。

そして襲い掛かってきた！

「あー、落ち着いて落ち着いて。弱い動物ですから一撃で倒せますよ」

ウサギの突進にあわせて剣を振るとそいつは血しぶきを上げて倒れた。

「ウサギのほうに手を向けて収納と考えてください」

言われたとおりにするとウサギの死体が消えた。

「アイテム欄を見てください。ウサギの肉と毛皮が追加されてますね。では最初のクエストです。野ウサギを五匹倒してください。いま一匹倒したのであと四匹ですね」

そうか、ゲームだよなこれ。

ウサギがやけにリアルだったし踏みしめる土の感触とか風が本物としか思えないけど、引き篭《こ》もっているうちにとうとうＶＲＭＭＯが開発されたのか……

（いえ、現実ですよこれ）

伊藤さんの声が頭に直接響いた。

ちょっとおおおおおお、なに人の心読んでんの！　しかもテレパシーとか!!

「いいですか、ここは地球ではありません。異世界です。リアルです。死んだら死にます。戻る方法は私しか知りません。テストプレイの期間は二〇年です。二〇年を生き延びるか、特定イベントをクリアすることで日本に戻れます。ちなみに私はこの世界の管理官で、神様みたいなものと思っていただければ」

伊藤さん改め、伊藤神《しん》とやり取りした結果、次のことがわかった。

●契約したからには最後までやってもらう。拒否権はない。
●クリア条件を満たしたら、元の世界の元の時間に元の年齢で戻してくれる。
●給料はこっちですごした時間だけ払う。こちらで活躍すればするだけボーナスも出る。
●この世界は放置しておけば二〇年以内に滅びるので町に引き篭もるのはオススメしない。
●あくまでスキルテストをしてもらうだけなので世界を救うとかは考えないで自由に過ごしてもらってかまわない。

俺の異議はすべて却下された。契約書にサインしましたよね？　その一点張りだ。

伊藤神は声だけで姿も見えないし、それに本当に神だと言うなら俺ではどうしようもない。言われるとおりにやるしかないのか……。

「ちくしょう、こうなったらやってやる！　二〇年なんとしても生き延びてやる!!」

「実は結構わくわくしてるでしょう？　あの求人は適性のある人のみ引っかかるようになってるんですよ。まあ慣れればこちらの生活も気に入ると思いますよ。ではチュートリアルの続きをやってしまいましょう。野ウサギをあと四匹です」

一時間ほどかけて野ウサギを四匹倒し、俺はレベルアップした。レベルアップ時には小さな音がしてお知らせしてくれるようだ。本当にゲームみたいだな……

「おめでとうございます。クエストをクリアしたので初期装備品と2000ゴルドをプレゼントです。ではチュートリアルのラストです。スキルのところを選んでください」

メニューのスキルを選ぶと別のウィンドウが開き、スキルリストが大量に表示された。

「スキルポイントを自由に割り振って好きなスキルを取得してください。あとスキル振りを失敗したときのためにスキルリセットを用意したので何度でもやり直し可能です」

【スキルリセット】

毎月一回だけスキルをリセットしてポイントに戻すことができる。

「スキルを色々テストしてもらわないといけませんからね。じゃあ何か選んでみましょうか。生活魔法なんかがオススメですよ」

【生活魔法】

character status

LV.1

山野マサル

種族｜ヒューマン　職業｜ニート

HP｜24/34　MP｜20/35　スキルポイント｜10P

力	10
体力	10
敏捷	4
器用	11
魔力	17

スキル

剣術レベル２
肉体強化レベル２
スキルリセット
ラズグラドワールド標準語

称号

なし

ギルドランク
なし

必要1P　生活に便利な魔法セット。着火、水供給、浄化魔法、ライト。

「こちらにはトイレットペーパーがありません。技術レベルは中世くらいですから」

【浄化魔法】

体や物の汚れを落とす。

トイレ用か……

「剣に血糊《ちのり》がついてますね。浄化魔法を使ってみてください」

どうやら魔法は考えるだけで発動するようだ。楽でいいな。剣についた血糊があっという間に消えてなくなった。

「以上でチュートリアルは終了です。町はこの先すぐのところにありますので、まずは町に行って冒険者ギルドに入るといいですよ。では健闘を祈ります」

そう言い残すと伊藤神の気配が消えたのがわかった。

「就職活動をしていたと思ったら異世界にいた。何を言ってるのかわからないと思うが俺にもよくわからない……」

とりあえずアイテムを確認する。

アイテム　２０００ゴルド
野ウサギの肉×５　野ウサギの毛皮×５
【キャンプセット】
普通の服　ブーツ　ナイフ　初心者ポーション×10

今の服装はグレーのパーカーにジーンズ、靴はサンダルだ。アイテムから服とブーツを取り出して着替える。

服は少しごわごわするが丈夫な布でできている。ブーツはごく普通の皮のブーツのようだ。サイズはぴったりだった。普通の服と書いてあったのでたぶんこれで町でも目立たないだろう。キャンプセットに水筒があったので水魔法で補充し、喉《のど》の渇きを潤す。ようやく落ち着いてきた。

「とりあえず町だ。ウサギですら襲い掛かってくるようなところに長居はできん」

歩いて三〇分ほど、遠くに壁が見えてきた。どうやら町は高い壁に囲まれているようだ。近寄ると左手のほうに門らしきものが見えたのでそちらに向かう。さらに近づくと道があって、門には槍《やり》を持った兵士が二人立っていた。

彫りの深い顔立ち、どうみても外国人だな。

「身分証を」

スキルにあったラズグラドワールド標準語の効果で言葉は理解できた。

「どうした、身分証は持ってないのか？　ならこっちだ」

兵士の一人に門の横の建物に連れていかれる。

「字は書けるか？　これに名前と出身を書いてくれ」

そう言ってノートを差し出された。

文字も読めるし、書けそうな気がしたのでペンをもらって名前を書いてみる。普通に文字も書ける。理解もできる。英語は苦手だったが、語学が堪能ならこんな感覚なんだろうか。スキルによって日本語と同じようなレベルで読み書きができるようだ。

出身はどうしよう……とりあえず日本の実家のある地名を書いておく。

「ヤマノマサルか。ふむ？　聞いたことのない地名だな」

「ええ、田舎のほうなんで、へへへ」

どうやらそれで納得してもらえたようだ。ちょろいな。

「ここへは何をしにきた？」

「ええと、冒険者ギルドに行こうかと」

「田舎から冒険者になりにきたのか」

じろじろと無遠慮に眺める兵士。

「町への入場料が10ゴルドだ。ギルドで身分証を発行してもらえれば、以後入場料はタダになる。一応聞くが犯罪歴はないな？」

「はい、ありません」

メニューを開いて『10ゴルド』と考えると手のひらに硬貨が収まっていた。銅貨のようだ。10枚あるから銅貨一枚が1ゴルドか。兵士に数えながら手渡す。

「よし、シオリイの町に歓迎する。ギルドの場所は門を抜けてまっすぐいけばわかる。腰の剣は町では抜くなよ。武器や魔法を使った喧嘩《けんか》は町では禁止だ」


町中はそこそこ賑《にぎ》わっていた。

門の近くには露店が並んでいて、食べ物やよくわからないものを売っていた。

「よう、そこの兄ちゃん買ってかないか？　ウサギ肉が焼きたてでうまいぞ。一本1ゴルドだ」

そういえば今日は家を出てから何も食べていない。

1ゴルドをアイテムから出して串を一本もらう。いい匂《にお》いだ。塩味でやわらかい肉の香りが口いっぱいに広がる。気に入ったので五本追加で買って歩きながら食べる。

言葉も通じるし食べ物も悪くない。串一本1ゴルドで一〇〇円として所持金2000ゴルドで二〇万円。当面の生活は大丈夫そうだな。

食べ終えた頃に、大きく立派な建物が見えた。看板にはシオリイ商業ギルドと書いてある。さらにその隣に冒険者ギルドと書いた建物があった。武器を持った柄の悪い連中が出入りしている。

入り口で入ろうかと迷っていると、ごついのに睨《にら》まれたので思わず回れ右してしまった。

冒険者ギルドは明日にしよう、うん。まずは宿だな。いいんだよ、明日から本気だすから！

道を戻って串焼きを買った屋台のおっちゃんにいい宿がないか聞いてみると、竜の息吹亭という冒険者御用達の宿を教えてもらえた。一泊朝食付きで20ゴルド。昼と夜は食堂があるのでそこで金を出して食うのだが、安くて美味《おい》しい料理を出してくれるんだそうだ。

店はほどなく見つかった。

この町、区画整理が行き届いているのか、道がまっすぐ整備されていて初めてでも迷子にはなりそうにない親切設計だ。宿は二階建てで店内は結構広い。カウンターとテーブル席で五〇人くらいは座れるだろうか。五人ほど、まばらに客が座っている。

店に入ると貫禄《かんろく》のあるおばちゃんに出迎えられた。

「いらっしゃーい。あいてるとこに座っとくれ」

「宿を取りたいんですが」

「あんたー、宿のほうのお客さんだよ」

奥から禿《は》げたひょろっとしたおっさんが出てきた。

「一泊20ゴルドで朝食が付きます。昼と夜は食堂がありますのでそちらで注文を」

聞いていたとおりの内容なので一泊を頼み20ゴルド払って二階の部屋に案内してもらう。

ベッドが一つだけある小さい部屋だが掃除は行き届いているようで安心した。シーツもきちんと洗濯されてるようだ。

鍵はないが内からカンヌキが掛けられるタイプで安心できる。ブーツを脱ぎ、ベッドに寝転がりメニューを開く。


ＨＰとＭＰが回復してるな。時間経過で回復するんだろうか。このあたりも調べておかないと。

だが最優先はスキルだ。


【剣術レベル２】

剣を扱うスキル。一般兵なみの剣術。


【肉体強化レベル２】

力と体力、ＨＰに＋１００パーセントの補正。


サービスでつけてもらっただけあって二つともかなり使えるスキルだ。

９Ｐしかない現状、方向性は二つ考えられる。いまある剣術と肉体強化を上げるか、ステータスの高い魔力を生かして魔法を覚えるかだ。剣術を２から３で３Ｐ。４はたぶん４Ｐだろう。

character status

LV.1

山野マサル

種族｜ヒューマン　職業｜ニート

HP｜34/34　MP｜25/35　スキルポイント｜9P

力	10
体力	10
敏捷	4
器用	11
魔力	17

スキル

剣術レベル２
肉体強化レベル２
スキルリセット
ラズグラドワールド標準語
生活魔法

称号

なし

ギルドランク
なし

魔法なら火魔法の取得に5Pでレベルを2に上げて計7Pになる。魔法を覚えるにしても問題は消費MPだな。ちょっと調べてみるか。

生活魔法の三つのうち、火と水は部屋では使えないので浄化魔法でテストをすることにした。

現在のMPは25。とりあえず体に浄化をかけてみる。うん、なんとなくすっきりした気がする。汗臭さがなくなったようだ。MPは22に減っていた。

歯を磨いてないことを思い出して口の中を浄化してみる。一瞬で口の中がすっきりした。これは便利だな。歯がつるつるになってる。MPは21になっていた。浄化の面積によって変わるんだろうか。

この部屋を浄化できるかな？　そこそこ綺麗《きれい》な部屋ではあるが、土足なので床は汚れている。体の五倍として15くらいMP使えばなんとかなるか？

浄化を床にかけてみるとピカピカになっていた。そのまま寝転がっても大丈夫なくらいだ。MPはちょうど15消費して残り6に。消費MPの調節も簡単にできるみたいだな。指定がなければ自動で必要量が消費されて指定があればそれに従う感じだろうか。

残りMP6で着ている服に浄化をかけてみる。

使った瞬間ヒザがくりと落ち、床に倒れこみそのまま意識を失った。

床で目を覚ますと夕方のようだった。頭が重い。MPが切れたせいで気絶したのか？

床を浄化しといたのは不幸中の幸いだった。MPは3回復している。MPを使い切るとやばい。

魔法はもうちょっとMPが増えるまで覚えるのはやめておこう。

剣術に7P振って残り2P。何かないかと探すと時計1Pというスキルがあったので入れてみると、日付と時間がメニューに表示された。それによると今は六一三年九月一一日一七時八分。日本だと夏の終わり頃か。そういえばすごしやすい気温で気候的には秋っぽい感じだな。


【時計】

日付と時間をメニューに表示する。目覚まし機能付き。


【剣術レベル4】

剣を扱うスキル。一流の剣士相当。


アイテムから銅貨を一枚取り出す。天井に向かって指ではじく。剣を抜いて銅貨を斬《き》りつけ鞘《さや》に収める。いわゆる居合いだ。床に落ちた銅貨は見事にまっぷたつになっていた。その技量はまさしく一流と呼ぶにふさわしく思えた。

「すげえ。剣道なんかしたことのない俺がレベル1でこれかよ」

剣術レベル5へは10Pか……次のレベルは剣術に極《ごく》振りだな！

なんだか希望がわいてきたよ！

第2話　魔眼はハーレムの夢を暴く

夕食を一階の食堂でとることにする。
日替わり定食にお酒をつけて8ゴルド。定食は謎肉のステーキに野菜たっぷりのスープにパン。お酒はワインだった。肉がなんの肉かはおばちゃんたちが忙しそうにしてて聞けなかったが、なかなかボリュームもあって美味《うま》かった。
安くて美味いという話は間違いなかったようだ。

部屋に戻ってメニューを開いてみると【クエスト】という項目が点滅していた。

【報告日誌を書こう！】
その日あったことや考えたことを日誌に書こう。専用ノートに書けば自動的に神様に報告される。
報酬スキルポイント　10P
クエストを受けますか？　YES／NO

即YESを選ぶと、ノートと筆記具がアイテム欄に出たので出して今日あったことやスキルに関して考察したことを一〇分ほどかけて書いた。

練習がてらこちらの言語で書いてみたが、やはりほとんど日本語と変わらないくらい使いこなせるみたいだ。書き終わったのでアイテムに収納するとクエストの表示が変わってスキルポイントが10Ｐ増えていた。

【報告日誌を書こう！】
クリア！
日誌はなるべく毎日書こう（推奨）日誌は神様が目を通します。
要望などがあれば書くといいことがあるかも！

月給二五万の仕事だと思えばこれくらいはやってもいいな。序盤のスキルポイントの支給は助かるし。さて何を取ろうか。

スキル　11Ｐ
剣術レベル4　肉体強化レベル2　スキルリセット　ラズグラドワールド標準語
生活魔法　時計

ＭＰの件もあるし剣術を取ろうと思ってたけど、せっかく異世界に来たんだしやっぱり魔法も使ってみたい。

魔法を見てみると、火水土風、回復魔法などが5P、空間魔法、精霊魔法、召喚魔法、闇魔法、光魔法などが10Pとなっていた。10Pの魔法には心惹《ひ》かれるものがあるが、ここは地道に5Pの魔法だろうな。火水土風のどれか一系統を取ってみるか。

火魔法が攻撃力がありそうに見えたのでさくっと選択。合計10P消費してレベル3まであげる。

【火魔法レベル3】
①火矢　②火球　火槍　③火壁　小爆破

取った魔法を確認してみる。さすがに部屋でテストはできそうにない。

あたりはすでに暗くなっていたので布団にもぐりこむ。部屋には明かりになるようなものはなかったし疲れてもいたのでさっさと寝た。

■　■　■　■　■　■　■　■　■　■　■　■

翌日、朝食をとったあとギルドに向かう。

冒険者ギルド周辺には昨日より多くの強そうなごつい人たちがたむろしていた。なるべく目を合わせないようにして中に入る。こっちは身長一六〇センチ、体重五〇キロのちびのもやしである。絡まれたりしたらワンパンチでやられるのは確実だ。

しかも剣やら槍やら装備しててすげー怖い。怒らせたら死ぬ。

中はそこそこ混み合っていたが、幸い皆忙しいらしく、こちらのことはほとんど気にも留めてないようだ。

なんとか受付カウンターにたどり着き、地味な感じのおっちゃんに声をかける。

他にもあいてる受付の人はいたが、女性やらごつい兄ちゃんばっかで一番話しかけやすそうだったからだ。

冒険者になりたいと伝えると馬鹿にした風もなく、丁寧に対応してくれた。

うむ、このおっちゃん選んで正解だったな。

面接があるとのことで奥に案内された。昨日の伊藤神《いとうしん》との面接後、すぐさまこの世界に送り込まれたことを思い出した。それが顔に出たのだろうか。

「冒険者ギルドで身分証を発行するのにちゃんとした人かどうかの簡単な審査があるのですよ。なに、犯罪者だとかじゃない限り心配ありません。ではここで少しお待ちください」

なだめるようにそう言うと、おっちゃんは受付のほうに戻っていった。ほどなく禿《はげ》で凶悪な面をした中年の男が中学生くらいのかわいい女の子を従えてやってきた。

「ようこそ冒険者ギルドへ、若人よ！　名前は？」

禿がでかい声で聞いてきた。

目の前に来るとでかくて威圧感が半端じゃない。

「ま、マサル。山野《やまの》マサルです」

「マサルか。おれは副ギルド長のドレウィン。こっちは三級真偽官のティリカだ。まあそうびるな、ちょっと話を聞くだけだ、がははははは」

「三級真偽官？」

わからない言葉が出てきた。

「ん？　真偽官を知らんのか。どこの田舎から来たんだ」

「はあ、日本の○×ってとこですけど……」

「ふむ、聞いたことないな。まあいい」

いいのかよ！

「真偽官ってのは嘘《うそ》を見抜く魔眼持ちのことだ。今から質問するから正直に答えろよ、坊主」

「心を読むんですか!?」

「心は読めない。本当のことを言ってるかどうかがわかるだけ」

女の子が初めてしゃべったよ。声もかわいいな。

改めてじっくり見ると美少女だ。ショートカットがよく似合ってる。色が白くて体が細い。中学生くらいかと思ったが下手したら小学生くらいかもしれん。目の色が赤と青でオッドアイになってる。これが魔眼だろうか。

「あんまり見つめるな、ティリカは恥ずかしがりやだからな！」

「あ、すいません」

すぐに目をそらす。この禿、見た目怖いから、できればティリカちゃんを眺めていたかったがそうもいかないようだ。

「うむ。では質問だ。犯罪歴はないか？　どこかの国のスパイじゃないな？　誰かに恨みを買ってないか？　殺したいほど憎いやつはいないか？」

犯罪もしたことないしスパイでもない、恨みも買った覚えはないし殺したいほど憎いやつもいないと答える。ちらちらティリカちゃんを見てると、ぼーっとした顔でこちらを見ているのみ。

あれで魔眼が発動してるのだろうか。

「なんで冒険者になりたいなんて思った？」

「お金を稼ぎたかったのと、生き延びるために自分を鍛えたかったんです」

「それなら普通に働いたほうが安全だぞ、坊主」

「楽に稼げる仕事があればそっちのほうがいいですが、冒険者が手っ取りばやそうだったので」

「そうだな、そんないい仕事があればおれにも紹介してもらいたいもんだな、がははは。それで稼いでそのあとはどうするんだ？」

「そうですね、どっかに家でも買ってのんびりしたいですねー」

「若さがねーな、若さが。もっと他に望みはないのか？　一番やりたいことはなんだ？　一国一城の主《あるじ》になりたいとか英雄になりたいとか」

「あー、えーとですね……」

「んん、正直に言っちまいな。どうせ嘘はばれるんだしよ」

「は……」

「は？」

「その、ハーレムを……」

「わはははは－。そうかそうか。若いな！　坊主。わはははは」

あ、ティリカちゃんが蔑《さげす》んだ目でこっち見てる。

でも異世界だもの、少しくらいはっちゃけたっていいだろ！

「この国ってそういうのありなんでしょうか？」

「おう、甲斐性《かいしょう》さえありゃ何人女を囲っても問題ねーぜ！　一夫一婦制なんて言ってるのは教会の坊さんくらいだな！　おれも嫁さんは二人だしよ。よし、面接はこんなもんでいいだろ。身分証は発行してやる。身元はギルドで保証してやるから面倒は起こすなよ？」

「ええ。でもこんなんでいいんですか？　もっと身元とか経歴とか聞いたり……」

「ああ、過去のことは関係ないぜ。冒険者なんてのはろくでもないのばっかりだ。過去に多少悪さをしてても指名手配とかじゃなければ問題ない。あとはギルドのルールさえ守ってくれればお前も冒険者ギルドの一員だ！」


そのあと受付のおっちゃんのところでギルドカードの発行をしてもらい、色々な説明を一時間ばかり受けた。

カードの発行に１００ゴルド。名前を書いて、血をとってカードにつければ登録完了。

カードには名前とランクFとしか書いてない。紐《ひも》をつけて首からつるす。

ルールはギルド員同士で喧嘩《けんか》するなとか法律守れとか常識的なものばかりだった。あとは依頼のシステムとかギルドランク。ランクはSがトップであとはABCDEF。もちろん俺は最下級のFランクスタートだった。依頼をこなすことで階級を上げていく。

うん、よくあるシステムだな。テンプレテンプレ。

最後にもう一回、禿とティリカちゃんのところに連れていかれた。

「ギルドルールをなるべく守ることを誓いますか？」

そうティリカちゃんが質問をしてくる。

「はい、誓います。でもなるべくでいいんですか？」

「うむ。絶対誓うと言わせると半分くらいのやつは審査にひっかかるのだ！　全部のルールを完璧《かんぺき》に守るなんて普通の人間には無理だからな！　無理のない範囲で守ればいい、いいな？」

「はい」

「あとは何かトラブルがあったら一人で解決しようとせずにギルドに相談しろ」

「わかりました。結構親切なんですね」

「お前らに任せとくとトラブルが拡大するばかりだからな！　あと坊主は初心者講習会を受けておけ。次は何日後だ？」

「三日後ですね」

そう横にいる受付のおっちゃんが答えた。

運転免許でやるようなやつかな？

「無料で一週間かけて冒険者としての訓練をみっちりやってもらえるすばらしいシステムだ」

「一週間!?」

「そうだ。まあ一週間じゃ全然足りんがないよりマシだ。強制じゃないがなるべくなら受けておけ」

「考えときます……」

実戦に出てレベル上げしてポイント振れば訓練なんか必要ないし。無駄な時間をすごす必要はないだろう。

第3話　死闘！　襲い掛かる野獣

面接から解放されたので、ギルドホールに戻り壁に貼《は》ってある依頼をチェックする。

面接で時間が結構経ったせいか、ギルド内にいた冒険者がだいぶ減っていた。もうみんな依頼を受けて出かけたんだろう。

野ウサギの肉 ×5の収集という依頼があったので受付に持っていく。これならすでに持ってるし万一失敗しても大丈夫というチキンな理由だ。

「ウサギですか。野ウサギは素早いし捕まえるの大変ですよ？」

そう受付のおっちゃんが忠告してくれた。

「でもあいつら向かってくるから、あとは剣でさくっと切れば終わりなんで楽でしたよ」

なんかおっちゃん困った顔してる。

「野ウサギは格下の相手だと襲ってくることがあるんですよね……子供とかよく襲われるんですよ」

つまり俺は野ウサギより格下に見られてたってこと？　簡単に捕獲できるのは楽ではあるが、複雑な気持ちである。

「気をつけてくださいね。町から離れるとゴブリンやオークとかモンスターが出ますから。あとは夜は絶対ダメです。危険なのがいますから」

おっちゃんは急に心配になってきたようだ。

「大丈夫ですって。これでも腕には自信があるんですよ」

そう言って、おっちゃんを振り切って出発することにした。

おっちゃんに実は剣術レベル４（一流剣士）で火魔法レベル３（ベテランメイジ）なんですよなんて言っても信じないだろうしな。


町の外に出る前にまだやることがある。さすがに装備がショートソードと布の服だけでは不安なので装備を整えないと。お金はまだ１８５６ゴルド残ってる。

おっちゃんに武器と防具の店は聞き出してある。ぶっちゃけ冒険者ギルドの二軒隣にある。冒険に必要な店はだいたいギルド周辺に集まってる。便利である。しかも冒険者ギルドの至近にあるので良心的な商売をしてくれるという。初心者や田舎者だからといってぼったくられたりはしない素敵仕様である。


店内に入るとところ狭しと武器や防具が並べられている。きょろきょろ眺めていると店員が寄ってきた。

「本日は何をお求めでしょうか、お客様」

異世界なのに接客が行き届いてるな。こういう店はぶっきらぼうなドワーフが出てくるもんじゃないだろうか。異世界情緒がないにもほどがある。

「ええと、武器と防具を一式揃《そろ》えたいなーと……」
「失礼ですが、初心者の方でしょうか。戦士でしたらそうですね。こちらの革の防具一式なんてどうでしょう。セットで大変お求めやすくなっております。こちらの盾なんかも合わせてお使いいただければ防御は安心でございますよ。あ、腰の武器を拝見しても。ふむふむ、これはなかなかいい品でございますね。これならメイン武器としては十分でございますよ。しかし予備の武器もお持ちになると安心です。こちらの剣などいかがでしょうか。ちょっと振ってみていただけますか？　よろしいようですね。あとは弓や槍《やり》などいかがですか？　必要ない？　左様でございますか」

あっという間に一式揃えられ試着させられてしまった。

盾は小さめだが、腕に装着できるタイプで左手の自由がきく。剣は細身のアイアンソードで力のない俺でも楽々振れる。革の鎧《よろい》もサイズぴったりのを揃えてもらった。

この店員なかなかできるな！

剣と盾、革装備一式で４５０ゴルド。値段もリーズナブルである。もう少し防御力の高そうな装備を見せてもらったが、金属製鎧は総じて重い。革の鎧も上等なものになると予算オーバーになるのでベストチョイスではなかろうか。

お金を払い、このまま着ていくと言って店を出た。

あとは食料品だな。近くの商店で調味料やら保存食、果物なんかを買いあさりアイテムにぽんぽん入れていく。

重いのでつい人前でアイテムボックスに放り込んでしまったが、みんな気にした様子もない。お金を払うときも普通にアイテムから直接取り出して、何もないところからお金が現れたように見えたはずだが、アイテムボックスって別に珍しくもないんだろうか？

装備で４５０ゴルド、食品で１５０ゴルド使い、残金は１２５６ゴルドになった。


東門から町を出る。今回はギルドカードがあるので見せるだけで通してくれた。

町の外に出ると道を外れて人のいないところまで歩く。野ウサギ狩りの前にまだすることがある。

習得した火魔法の練習である。

はやく試してみたくてうずうずしてたんだが、町中で火をぶっ放すわけにもいかない。ＭＰは23となっている。一日で全回復するくらいだろうか。これはかなり節約して使わないとまずいかもしれない。とりあえずメニューでスキルをチェック。


【火魔法レベル3】
①火矢　②火球　火槍　③火壁　小爆破

番号からすると火矢がレベル1の魔法だろう。右手には剣を持ってるから左手を前に出して【火矢】と念ずると魔法が発動したのがわかった。

左手の少し前方にダーツのような形状の炎のかたまりが浮いている。

近くにある岩目がけて発射するときっちり命中した。速度もそこそこあるようだ。火矢でＭＰ3消費。残りＭＰ20。火矢であと六発、おそらく他の魔法はもっと消費が多いだろうから節約して使わないといけないな。

しかし魔法は楽である。呪文や面倒な手順もなしに、考えるだけで発動するのは簡単すぎて拍子抜けする。みんなこうなのか、それともスキルの恩恵なのか。まあ修行しなきゃ使えませんとかになったら困るから助かるんだけど。


魔法のテスト後、歩くこと一〇分。野ウサギに遭遇した。

そして襲ってきやがったので剣でさっくり倒した。

昨日はちょっと罪悪感を感じたものだが、こちらを格下認定して襲ってくるとわかったからには容赦しない。絶対にだ！

その後も立て続けに野ウサギは現れたのですべて一撃で屠《ほふ》る。野ウサギの集落でもあるんだろうか。一〇匹目を倒したところでレベルアップした。ステータスをチェックしたいが野ウサギを警戒してるので後回しだ。

一一匹目を倒したところで腕が重くなってきた。一二匹目、一三匹目と連続で現れたのを倒したところで体力が尽きた。

腕が上がらない。足ががくがくふらふらする。

なんだこれ。まるでマラソン完走直後みたいだ。

アイテムに初心者用ポーションがあるのを思い出した。だが取り出したところでやつがまた現れた。そして当然襲ってくる。

あせってポーションを飲もうとしたところに頭突きを足に食らった。衝撃でポーションを落とす。膝《ひざ》をついたところでやつは再度突っ込んできた。今度は顔めがけて。

とっさに剣を前に突き出すと、そのまま剣に貫かれぎゅーっと鳴いて息絶えた。

野ウサギの刺さった剣を落とし肩で息をする。やばい、倒れそうだ。

ポーションをアイテムからもう一本出して飲む。体力が少し戻ってきたのがわかった。野ウサギをアイテムに収納し、落とした剣とポーションを拾って立ち上がる。

二本目のポーションを飲んでも体力が回復した感じがしない。たぶん、あと二、三回剣を振るえばまた倒れる。

くそ、急いでここを離れないと、またやつがくる。

ゆっくり来た道を戻る。倒しながらここまで来たから同じ道を戻ればやつらが現れる確率は低いはず。

物音を立てないようにゆっくりと草原を進む。だが無情にもやつは現れこちらに気がついた。

突っ込んでくるのを横にかわして避ける。くそ、やるしかないのか。

もう一度突っ込んでくるやつに剣を振るい倒す。一回剣を振るうだけで体力がごっそり減ったのがわかった。足がふらつく。倒した野ウサギは放置して初心者ポーションを飲む。しかしやはり効果はでない。

くそ、欠陥品かこれ!?

再び町に向かって歩き出す。

出るなよ、出るなよと祈るが数分後またやつが出てきた。そして襲い掛かってくる。なんとかかわす。どうする、おそらくあと一回剣を振るえば体力は尽きる。

そうだ、魔法だ！

とっさに【火矢】を唱えて放つ。しかし外れる。もう一発【火矢】！

今度は命中し、やつは倒れる。必死に町に向かうが、やつらは次々に襲ってくる。

ついに町の門が見えた。

だが、安心したところにやつは現れ、俺は最後のＭＰを振り絞り野ウサギを倒して意識を失った。

第4話　野ウサギと死闘を繰り広げた男

気がつくと知らない天井だった。うん、定番だからね。言っとかないと。

「お、坊主、気がついたか」

「はg……ドレウィンさん」

「おい、いま禿《はげ》って言いかけなかったか？」

「いえ、そんなこと思ってもいませんよ」

「有罪《ギルティ》」

魔眼持ちの少女は容赦なく判定する。

「いいか、おれは少し後退してるが禿じゃない！　わかったか？」

指を突きつけられて脅されたので、ぶんぶんと首を縦に振る。

「微妙なお年頃。あまり頭のことには触れないほうがいい」

いや、ティリカちゃん、あんたが言うな。

「それでどうしたんだ。町の近くで倒れてたところを見つけて運び込まれたって話だが」

親切な人が倒れた俺を発見して冒険者ギルドまで運んで来てくれたらしい。

「魔獣が襲い掛かってきて、死闘の末、相打ちに……」

うん、嘘《うそ》は言ってない。ティリカちゃんも反応してない。

「魔獣ってこれか？」

ドレウィンが焼け焦げた野ウサギを持ち上げてみせた。

「お前の近くに落ちてたから一緒に拾ってきてくれたんだよ」

「最初は調子よかったんだけど、戦ってるうちに体力が消耗してきて、それでもやつらは襲ってきて、俺も必死で戦ったんだけど町が見えたあたりで魔力が尽きて……」

「それで最後は野ウサギと相打ちか？　どんな魔獣と戦ってたんだおめーは」

俺は答えない。野ウサギと戦って殺されかけましたなんて言えるか？

「ギルドカードを見せてみろ」

ひょいとギルドカードを奪われた。

「ギルドカードには討伐した獣やモンスターを記録する機能があるんだ。説明されなかったか？」

確かに聞いたような気がする。

討伐依頼でも倒しさえすればカードに記録されるので、死体を持ち帰るなんて面倒なことはしなくてすむ便利な機能だ。

「ひのふの……野ウサギばかり二一匹か。一日でこの数はすげーが、まじか……野ウサギに殺されかけたとか冗談だろう？」

「やつらは恐ろしい敵だった……」

まじで怖かった。もう死ぬかと思った。

「ほんとうか？」

ドレウィンがティリカを振り返って尋ねた。

「嘘は言ってない」

「ぷっ。うひゃひゃひゃひゃひゃひゃひゃひゃ、ひー」

ドレウィンは大笑いしている。

くそ、悔しくて涙が出てきた。

ティリカちゃんはそれをぼーっと眺めている。数分後ようやく笑い終わったドレウィン。

「あー、こんなに笑わせてもらったのは久しぶりだぜ。がはははは。ああ、お前を拾ってきてくれたやつにはちゃんと礼を言っとけよ。あと三日後の初心者講習おめーは絶対来いよ。拒否は許さん」

俺は大人しく肯《うなず》くしかなかった。その日はそのまま宿に戻ってさめざめと泣いて寝た。

翌日、ギルドに行くと野ウサギと死闘を繰り広げたあげく相打ちになった男として、すっかり有名になっていた。依頼の報告をしてすぐに宿に戻って布団をかぶって不貞寝《ふてね》した。

ちなみに噂《うわさ》を広めたのは俺を拾ったやつらしい。ドレウィンとティリカちゃんは黙っててくれたみたいだ。命の恩人め……ありがとう、だが許すまじ。

■■■■■■■■■■■■

後日、俺を拾った人にお礼を言いにいった。

「いや、だって冒険者を倒すほど強いモンスターが出たなら報告しないとダメでしょ？　だから倒れてた君のギルドカードを見せてもらったんだけど。ほら、倒れてた状況とか説明しないといけないから全部しゃべっちゃったんだよね。それが広まっちゃったらしくて。正直すまんかった」

倒れた原因は剣術レベル4だった。

体力が人並み以下なのに一流剣士の動きをするからあっという間にスタミナが尽きたのだ。ポーションが効かなかったのは、連続で飲んだかららしい。最低でも三〇分は間隔をあけないとだめなのだそうだ。


日誌はちゃんと書いたら返事が届いてた。

『予想外に面白かったのでボーナスあげます。伊藤《いとう》』

ボーナスは『魔力の指輪』というマジックアイテムだった。

character status

LV.2

山野マサル　種族｜ヒューマン　職業｜魔法剣士

HP｜54/54　MP｜52/52　スキルポイント｜11P

力	14
体力	14
敏捷	5
器用	14
魔力	22

ギルドランク F

スキル

剣術レベル４
肉体強化レベル２
スキルリセット
ラズグラドワールド標準語
生活魔法
時計
火魔法レベル３

称号

野ウサギと
死闘を繰り広げた男

第5話　初心者講習会

俺は今、二〇キロの荷物を担いで走っている。いや無理やり走らされている。

止まることは許されない。鬼軍曹が後ろから棒を持って追いかけてくるからだ。

「そこの野ウサギ野郎！　ちんたら走るな！　そんなんだから貴様は野ウサギごときと相打ちなのだ!!　走れ！　走れ！　くそ虫ども!!」

■■■■■■■■■■■■

初心者講習はばっくれるつもりだった。

もうこのままお金がなくなるまで宿に篭《こ》もっていようと思っていた。

あんな生き恥をさらしてのうのうと生きていけるほど、俺は図太くはできていない。

講習当日の朝、朝食もとらずにぐずぐず寝ていると、突然扉をぶち破りドレウィンが部屋に突入してきた。

「強制だと言ったろう、がはは」

副ギルド長なのに暇なのかこいつは!?

「なんで宿を知ってるんだよ！」

「二日ほどギルドに顔を出さんかっただろ？　こりゃー初心者講習もこねーかと思ったんで調べさせた。ああ、宿のことは心配するな。ちゃんと説明しといたから。扉もあとで直しておいてやるよ」

そして俺は、訓練場まで連行されたのだ。

訓練場にはすでに五人の候補生が待っていた。

男四人に女一人。これから地獄を共にする仲間たちだ。だがそのときは暗く沈んだ俺をのぞいては、雑談をしつつのんびりムードだった。軍曹も最初は愛想がよかった。

「諸君、この初心者講習によく来てくれた。わたしがこれから一週間諸君の面倒を見る、元Aランク冒険者ヴォークト軍曹である。諸君らはまだひよっこではあるが、この一週間の訓練を通して冒険者のなんたるかを学び、立派な冒険者として巣立っていってくれることを望む。では、まずはこの装備を首につけてくれ」

元Aランクというあたりですげー、Aランクかよ、などとざわめいた以外はみんな静かに希望に満ちあふれた顔で話を聞いていた。俺以外。

軍曹は一人一人に首輪を装着していった。

「これはこれからの諸君の訓練を手助けするための装備である」

みな怪訝《けげん》そうな顔をしていたが、大人しく首輪をつけていった。最後に俺に首輪をつけ終わった瞬間ヴォークト軍曹はニヤリと笑い、一週間の地獄が始まった。

「聞けえ、くそ虫どもっ!!」

軍曹が大音声で怒鳴る。

「貴様らには一週間、ここで生活してもらう！　その首輪は『隷属の首輪』。外れるのは一週間後だ！　貴様らに残された道はここでひたすら訓練に励むことだけである」

とたんに候補生たちが騒ぎ始める。

「隷属の首輪を勝手につけるなんて許されるはずがない！」

隷属の首輪？　名前からすると人を奴隷化するアイテムか？

外そうとしてみるが、首輪はびくともしない。もしかして、ちょっとやばいんじゃないか？

「黙れ！　くそ虫めが！　話しかけられたとき以外は口を開くな！　口でくそをたれる前と後にサーをつけろ!!　そこのくそ虫、何か言いたいことがあるなら言ってみろ！」

「サー！　これは犯罪行為です、サー！」

「見ろ！　くそ虫ども。これは国王陛下と総ギルド長殿の連名の許可状である。この訓練場内に限り、隷属の首輪の使用は許可されておる。さあ、無駄話は終わりだ。そこの荷物を背負え！」

首輪の効果か、体が勝手に動いて荷物を背負う。重い。

「返事はイエス、サー！　だ。くそ虫ども!!」

「「サー、イエス、サー！」」

「声が小さい!!」

「「サー！　イエス！　サー!!」」

「よし、背負ったな。トラックを全力で駆け足！　走れ!!」

「「サー！　イエス！　サー!!」」

地獄の始まりだった。

潰《つぶ》れるまでしごかれ、限界にきたら回復魔法をかけられ、またしごかれた。三日間はひたすら荷物を背負って走らされた。

四日目からは戦闘訓練が始まった。

「ふざけるな、それで殺せるか！　気合を入れろ!!」

「「サー、イエス！　サー!!」」

「貴様らは厳しいおれを嫌うだろう。だが憎めばそれだけ学ぶ。おれは厳しいが公平だ。男も女も、ヒューマンもエルフも獣人もドワーフもすべて平等に価値がない！　おれの使命は役立たずのくそ虫どもを冒険者に仕立て上げることだ。わかったか、くそ虫ども！」

「「サー、イエス！　サー!!」」

日が昇って落ちるまで、休むことは許されなかった。治癒術師が常に待機しており、倒れたものには回復魔法をかけて復帰させた。日が落ちると六人は泥のように眠った。

ある時、神が言った。

「集まれ！　くそ虫ども!!」

俺たちは即座に集合し、整列した。神の言葉に全力でもって応じねばならない。

「今、このときを持って諸君らの訓練を終了する。本日から貴様らは一人前の冒険者である。貴様らがくたばるその日まで、どこにいようと貴様らは冒険者だ。多くのものは冒険の途中で倒れ二度と戻らないだろう。だが心に刻んでおけ。この訓練を成し遂げた今、恐れるものは何もない。胸を張って言え。我々は冒険者であると！」

軍曹は一人一人の首輪を外し、抱きしめ声をかけていった。

俺達は呆然《ぼうぜん》とし、ただ立ち尽くしていた。

本当に終わったのか？　周りを見回すと多くの先輩冒険者たちが見に来ていた。あるものは拍手し、あるものは涙を流し、あるものは「よくやった、よくやった」と声をかけてくれた。

最後に俺の首輪を外し、軍曹が俺を抱きしめながら言った。

「よくやった。俺は貴様を誇りに思う。貴様はもう野ウサギではない。一人前の冒険者だ。何を呆然としておる。貴様は今からそれを証明しに行くのだ」

「はい、軍曹殿……」

俺は涙を流しながら答えた。そうだ。俺はやつらに復讐《ふくしゅう》せねばならないのだ。

その日と次の日は治療のため訓練場に留まった。治療術師が注意深く俺たちを診察、治療し、異常のないことが確認された。

俺と仲間たちは二日間色々と話し合った。時には軍曹殿も交え、時には他の冒険者たちも様子を見に来てくださった。

この訓練メニューは、そのまま冒険者にすると死ぬ確率が高いと思われる初心者に半強制的に施されるもので、実際にこの訓練を卒業した冒険者の死亡率は半分以下に下がった。ただひたすらに苛《いじ》め抜くような訓練メニューは、注意深くコントロールされたものだった。

六人の訓練生は全員、次の日には訓練場から解放された。

訓練により、いくつかの近接戦闘スキルに加えて、二つのスキルを手に入れた。ポイント消費によらないスキル取得の可能性は大きな収穫であった。

【体力回復強化】
HPとスタミナ回復の速度が上がる。治療やポーションの効果が上がる。

【根性】
HP0になってもHP1で踏みとどまる。一日一度。

なおこの一週間についての日誌は日本語にて記す。色々と倫理上の問題もあるので、この訓練場内部でのことは極秘である。

character status

LV.2 **山野マサル** 種族｜ヒューマン　職業｜魔法剣士

HP｜84/84　MP｜62/62　スキルポイント｜11P

力	36
体力	40
敏捷	11
器用	16
魔力	25

スキル

剣術レベル4
肉体強化レベル2
スキルリセット
ラズグラドワールド標準語
生活魔法
時計
火魔法レベル3
盾レベル2
回避レベル1
槍術レベル1
格闘術レベル1
体力回復強化
根性

称号

野ウサギと
死闘を繰り広げた男

ギルドランク
F

第6話　リベンジオブラビット前編

五人の仲間とは再会を約束して別れた。

三人はもともと別の町が拠点でそちらに戻るという。

二人はパーティに入らないかと誘ってくれたが、俺はやることがあると言って断った。

訓練場を出るとドレウィンが待っていた。

「おれを恨んでいるか？」

「いえ、感謝してますよ。俺の腐った性根を叩《たた》きなおしてくれた」

「そうか。そう言ってくれると心を鬼にしてお前を初心者講習会に連れて行った甲斐《かい》があったってものだ」

連行するとき笑いながら連れて行かれた気がするが、感謝してるのは本当なので言わないでおこう。

ギルドホールに行くと何人かがこっちを見て笑った。「あれが野ウサギの……」などと聞こえてくる。心に刺さるがぐっとこらえ、目当ての依頼を探した。

【野ウサギの肉　×5の収集】

依頼を受付のおっちゃんのところまで持っていく。

「これ……お願いします」

「行くのかね」

「ええ。今度は……負けません」


スキルポイントは余ってるが使わないことにした。以前と同じ条件じゃないと負けた気がするからだ。油断しなければ勝てる。そういう思いがあった。以前と同じスキル、以前と同じ装備で勝負をする。革の鎧《よろい》は少々ぼろぼろになっているが。

東門から町の外へ。門番の兵士にも「今度は野ウサギに負けて帰ってくるなよー」と言われそそくさと門を出る。

くそう、どこまで噂《うわさ》広がってるんだよ。


ゆっくりとやつらの領域に近づいていく。油断なく剣を構え、歩を進める。

出た。そして襲い掛かってくる。

十分引き付けて軽く剣を振るい仕留める。以前のようにがむしゃらに剣を振ったりはしない。自然体だ。

野ウサギは解体せずにそのままアイテムに収納する。ゆっくりと進み、やつらを仕留めていく。

一〇匹、二〇匹。体力は万全だ。五〇匹を超えたところでレベルアップ音が頭の中で鳴り響いた。

まだだ。まだやれる。だがとたんにやつらが出てこなくなった。

全滅した？　まさかな。ゆっくりと変わらないペースで歩く。いた。前方に野ウサギだ。やつはこちらに気がつき……逃げ出した。アイテムから水筒を取り出し水を飲む。

「そうか、俺はやつらに勝ったのか……」

なんとなくもやもやした感じだがそう思うことにした。

狩った野ウサギは五七匹。もう十分だろう。町に帰ることにしよう。そのときもう一匹野ウサギが視界に入った。こっちには気がついていない。気配を殺して観察する。やつらは気配に敏感だ。近寄って剣で倒すのはおそらく無理だろう。

魔法ならどうだろうか。【火矢】を発動させる。火矢が発射され野ウサギに向かい、そしてかわされ、やつはそのまま逃げていった。

また野ウサギを探す。

数分後、いた。慎重に【火矢】を放つ。が、またかわされる。

くそ、あいつら魔法を感知するのか？

さらに草原をうろついて野ウサギを探す。あんなに大量に襲い掛かってきた野ウサギがこっちが探すとなるとなかなか見つからない。

三〇分ほど経った頃やっと野ウサギが見つかった。

今度は火球を試すことにする。火矢も火球も要領は同じだ。【火球】発動。火の玉が野ウサギに向かっていく。やつは寸前で気がつき回避を試しみるが火球が命中する。やった！

そして野ウサギは死体も残さず消し飛んだ……

火槍や小爆破は火球よりレベルが上だし威力もさらにありそうなので、火壁を試してみた。

野ウサギは黒こげになり炭のようになった。

食えそうなところは一切れも残っていない。もう打つ手はない。確かに今日は五七匹もの野ウサギを狩った。だがそれは草を刈るような単純作業だった。レベルが上がり、やつらが本来の動きを取り戻したとたんこの体たらく。ここからが本当の勝負だ。

そう、やつらとの戦いはこれからだ！

やる気が出てきた。幸いポイントは21Ｐもある。やつらに有効なスキルを取得するのだ。通常の修練でスキルを取得できるのもわかっている。弓でも習ってみるのもいいかもしれない。


そんなことを考えながら歩いてるうちに町の門に到着した。

「おお、野ウサギ君。野ウサギは獲れたかね」

兵士がニヤニヤ笑いながら聞いてくる。俺のあだ名、野ウサギかよ。

「五七匹だ」

「は？」

「五七匹獲れたと言っている」

「嘘《うそ》だろ。おまえが外に出て三、四時間しかたってねーのに、そんなに獲れるわけねーだろ」

アイテムを操作して、兵士の目の前に五七匹の野ウサギをすべて出して山積みにしてやる。兵士は目を丸くして口をあんぐりと開けていた。俺は再び野ウサギを収納してギルドに向かった。

受付のおっちゃんに声をかける。

「早かったね。依頼は無事完了したかい？」

「ええ、かなりの収穫でしたよ」

おっちゃんと素材受け取り用のカウンターに移動して野ウサギを全部ぶちまける。

「こ、これはすごいね、一体何匹いるんだい」

「五七匹です」

周りがこちらに注目してざわめく。「野ウサギの」「野ウサギが……」などと聞こえてくるが笑い声は出ない。

ふふふ、驚いてるな。

「野ウサギハンターだ」

誰かがそうつぶやいた。

「野ウサギハンター！」「野ウサギハンター!!」「野ウサギハンター!!」

ギルドホールが盛り上がる。

この瞬間、俺の称号は【野ウサギハンター】へと切り替わった。

あとで知ったことだが、野ウサギは非常にめんどくさい獣だ。

低レベルでは捕まえるのは困難。高レベルなら狩れるが、そんな高レベルの冒険者が報酬の安い野ウサギを積極的に狙《ねら》うことはない。普通はどうするのかというと罠《わな》を使う。だが罠だとかかるのは日に数匹。一日で五七匹はちょっとした偉業である。

野ウサギに負けて帰ってきた初心者冒険者がみごとにリベンジを果たしてきたのだ。ギルドにいた冒険者たちはただ素直にその偉業をたたえるのであった。

第7話　リベンジオブラビット後編

翌日、俺はギルドの訓練場に来ていた。

ヴォークト軍曹殿の薫陶《くんとう》のもと、弓と投げナイフでの投擲《とうてき》術の練習中だ。

当初は弓のみの練習だったのだが弓は結構音がする。飛距離は減るが投げナイフならほぼ無音で攻撃できるので、両方習得することにしたのだ。

「なるほど、貴様の戦いはまだ終わってないのだな。その意気やよし」

「それで対野ウサギ用に新しいスキルを取得したのです」

「ほう、どんなスキルだね」

「軍曹殿、あれは？」

そう言って軍曹殿の後ろを指差す。

軍曹殿が振り返った瞬間、気配を殺し無音で軍曹殿のサイドに回りこみ、ナイフをわき腹めがけて突き刺そうとする。が、寸前で腕を取られ、止められる。

「驚いたな。このわたしの懐を取るとは」

「いえ、軍曹殿こそさすがであります。完全に不意をついたはずなのに止められるとは」

「気配を殺してからの無音移動か。いいスキルだ。並のものなら止められないだろう」

「ええ、これでやつらを今度こそ殲滅《せんめつ》してきます」

結局その日は終日、投げナイフの訓練に費やした。

弓は【隠密】【忍び足】との相性がいまいち悪いとの判断だ。おかげで暗くなる頃までには投擲術はレベル2まで上がっていた。

新しく追加したスキルは次のとおりだ。
弓術レベル1　投擲術レベル2　隠密レベル2　忍び足レベル2　気配察知レベル2
これで残っていた21Pはすべて消費した。気配察知で敵を探索し、隠密、忍び足で接近。投げナイフで仕留める。すばらしい勝利の方程式である。

次の日、さっそく草原に出かける。

依頼はなかったが、依頼のない素材でも需要のあるものなら、お隣の商業ギルドで買い取りをしてくれる。まあ野ウサギ五七匹の報酬で3000ゴルドくらいにお金が増えたからしばらく稼ぐ必要はないのだが。

門でいつもの兵士が声をかけてきた。

「よう、野ウサギ、今日も野ウサギ狩りか？　がんばれよ！」

激励してもらった。

それはいいんだが呼び名がすっかり野ウサギで定着してしまってるし……

草原に出たわけだが、さすがに先日狩ったあたりでは獲物は減ってるだろう。なので今日は違う方向へと向かうことにする。

気配察知を使いながら移動していく。鳥や小さなねずみがひっかかるが野ウサギはまだ見つからない。慣れてないのかレベルが低いのか、生き物の気配と方角くらいはわかるんだが、種類とか正確な位置とかがいまいちわからない。それでも昨日まではわからなかったねずみや鳥を見つけられたので野ウサギも問題ないだろう。

隠密と忍び足でしばらく歩くとようやく獲物が見えた。野ウサギだ。

投げナイフを手に取るとゆっくりと接近する。確実に当てられる距離……ここだ！

ナイフを投擲。やつはナイフに気がつくこともなく絶命していた。

夢中になって狩っていると二時間くらい経っていた。野ウサギはすでに三〇匹。なかなかのペースである。

気がつくと森の近くまで来ていた。休憩しながら考える。森の中にはもっと大型の獲物、鹿や猪《いのしし》、熊なんかがいるらしい。だがモンスターも出るから危険も多い。

どうしようか考えていると森から何か出てきた。草原に伏せて気配を殺して様子を窺《うかが》う。

あれがオークか。背は低いががっしりした体格。豚のような顔。ぼろぼろの布をまとって手には棍棒《こんぼう》を持っている。

オークは無警戒にこちらへと歩いてくる。殺れるか？　オークは徐々にこちらへ接近してきた。まだナイフは届かないだろうが、魔法ならおそらく届く。

オークに向かって左手をかざし【火槍】発動。

火矢は魔法を唱えるとほぼノータイムで発動するが、火球や火槍は発動に時間がかかる。火の槍が形成される。オークはこちらに気がついたようだが、もう遅い。火槍を発射する。火矢よりもかなり速度が速い。

火槍は避《よ》ける間も与えず胴体に命中し、オークは倒れた。簡単なものだ。

「さすが俺。余裕じゃないか」

人型モンスターを倒すのに何か嫌悪感でもあるかと思ったが、特にそんなこともなかった。野ウサギを狩るのと何も変わらない。


死体を回収しようとすると、森からさらにオークが数匹出てきた。

オークたちはこちらの姿に気がつき、棍棒を振りかざして襲いかかってきた。だがまだ距離はあるので落ち着いて【火槍】を発動する。

接近されるまで二匹倒せた。残り二匹。

腰からショートソードを引き抜き構える。

ぐおおおおお、と雄叫《おたけ》びをあげるオーク。相手は二匹だが、一対多の訓練は初心者講習でやっている。動きも軍曹殿に比べると全然遅い。襲いかかってくるオークはかなり恐ろしかったが、余裕でかわしてショートソードで切りつけ一匹目を倒す。それをみて最後の一匹が逃げ出した。

背中を見せたオークに投げナイフを投擲。ナイフが背中に突き刺さり倒れたオークに近寄り、剣でとどめを刺す。それでレベルが上がった。

死体を回収したあと、もうオークはいないようなのでその場で警戒、隠密を発動し、ステータスをチェックをする。

比較対象がないのでよくわからないが、初期に比べればずいぶん成長した。

この世界、レベルとかステータスが存在しないようで、軍曹殿にHPやステータスのことを聞いたら変な顔をされた。

スキルはあるがレベルがついてたりはしない。鑑定スキルはあったが人は対象外だった。自分の体力や魔力は経験で把握しろと教えられた。

しかしまだレベル４か……

ＲＰＧなら始まりの町周辺で雑魚をひのきの棒で狩っているレベルだが、剣術や火魔法のおかげでオーク程度なら何匹いても負ける気はしない。今後のレベルアップのことも考えると森へ入ってもっと強敵を相手にするべきか。

スキルリストを眺めながら強化方向を考える。

character status

LV.4

山野マサル　種族｜ヒューマン　職業｜魔法剣士

HP｜154/154　MP｜112/112　スキルポイント｜10P

力	50
体力	52
敏捷	15
器用	20
魔力	36

スキル

剣術レベル４
肉体強化レベル２
スキルリセット
ラズグラドワールド標準語
生活魔法
時計
火魔法レベル３
盾レベル２
回避レベル１
槍術レベル１
格闘術レベル１
体力回復強化
根性
弓術レベル１
投擲術レベル２
隠密レベル２
忍び足レベル２
気配察知レベル２

称号

野ウサギハンター
野ウサギと死闘を繰り広げた男

ギルドランク
F

候補は次の三つ。

・剣術4↓5　10P
・隠密、忍び足、気配察知を2↓3　3P×3
・回復魔法5P

ポーションの値段を調べたら一本100ゴルドもした。

初心者ポーションはあと七本残っているが、今後のことを考えると回復魔法を取っておきたい。

生産系スキルでポーションを作るという手もあるが、道具や設備が結構な値段だったのでとりあえずは却下した。

回復魔法、どっかで習えないかな。帰って誰かに聞いてみるか。スキル振りは保留にしておこう。


道々、野ウサギを倒しながら町に戻った。本日の収穫は三五匹である。

「今日はどうだった？」

門を通る時、いつもの門番の兵士がそう聞いて来た。

「三五匹だ」

「ヒュー、さすが野ウサギハンターだぜ！　もう野ウサギ君なんて呼べねーな。これからは野ウサギさんと呼ばせてもらうか」

いや、普通に名前で呼んでくださいよ。門を通るときギルドカード見せてるんだから名前知ってるでしょうに……。

「あと森の近くでオークに遭遇したんですが」

門番の兵士にギルドカードを見せながら言う。

「ほう、五匹を一人でやったのか、さすがだな。オークは滅多に草原のほうには出てこないんだが。これは注意が必要かもしれんな。ギルドのほうにも報告しておいてくれ」

先に冒険者ギルドの隣の商業ギルドに寄って野ウサギとオークを引き取ってもらう。オークの死体はいい値段になった。

野ウサギが肉と毛皮を合わせて一匹25ゴルド。オークは一匹２００ゴルドである。

買い取られたオークは解体され、肉屋に卸され、ご家庭の食卓などに並ぶ。俺の泊まってる宿でも何度か出たことがある。案外美味だった。

続いて受付のおっちゃんにギルドカードを見せにいく。おっちゃんのとこは大抵すいている。

基本受付の人は女性、しかも美人さんが多いのでみんなそっちに行く。何人かいる男性受付もイケメンが多い。

きっと別の需要があるんだろう。美人は遠くから眺めるくらいならいいが、話すのは苦手だ。

おっちゃんにギルドカードを見せてオークのことを話す。

「ふむ、じゃあ副ギルド長に報告しておくよ。あと今回の討伐でギルドランクがEに上がったよ。おめでとう」

オークの討伐報酬ももらう。一匹50ゴルド。

オークは常時討伐依頼が出ているので倒しさえすればカードのチェックだけで報酬がもらえる。オークを売った分とあわせて一匹250ゴルド。今日だけで稼ぎは約2000ゴルド、手持ちは5000ゴルド近くまで増えている。

革の防具も訓練でぼろぼろだし、そろそろ装備をもうちょっといいものに替えてもいいかもしれんな。

第8話　山野《やまの》マサルの特に何もない一日

宿屋の朝は、朝食の準備ができたと宿屋の娘さんが起こしにくることから始まる。

この娘がまたかわいいのだ。年の頃は高校生くらいで髪をポニーテールにしており、笑顔でよく働く。寝覚めもよくなろうというものである。

朝食を食べるために食堂に行くとすでに結構賑《にぎ》わっていた。ここは安いし美味《おい》しいので、泊まりだけでなく、外から食べに来る冒険者は多い。ただし男限定。

食事もだが、娘さん目当てで来る野郎が実に多いのだ。


俺もここに泊まった当初、当然娘さんカワイイ、注文でもしてみようと、血迷った真似をしてしまった。

愛想よく注文を聞いてくれた娘さんが去ったとたん、四方から飛んでくる殺気。横のテーブルに座ったやつが、露骨に武器の手入れを始める。漏らしそうになった。

このいじめは注文の品が来るとぴたっとやんだ。脅しはこれで十分ということだったのだろう。

これ以後、娘さんをスルーして、注文などは女将《おかみ》さんに頼むようにしたらやつらも警戒を解いたようだ。

この宿は安いし食事も美味《うま》い。近所の宿も何軒か見たが、どこもここよりは割高か、同じくらいの値段でも少々不衛生だったり。気に入った宿を失うのも嫌なので、俺は今日も女将さんに注文をするのだ。

朝食をとりながら、娘さんを見つめる冒険者たちを観察するのが俺の日課だ。冒険者同士の激しい、水面下での抗争は端から見てる分には実に面白い。お互いに牽制《けんせい》しあい、今のところ娘さんに有効なアプローチを果たした冒険者はいないようだ。だから余計に新規の俺は警戒を呼んだのだろう。

俺の見た目は一見すると娘さんと同年代。それだけで多少とも有利なように見える。参戦する気など全くないが。

朝食を食べ終え、今日の予定を考えつつまったりしていると女将さんから声がかかった。

「マサルちゃん、今日はゆっくりなのね」

他の冒険者たちは休みらしき数人を除いてすでに出かけている。安宿に集まる下っ端冒険者たちである。まじめに働かないと、この宿ですら泊まれなくなるのだ。

「昨日はいい稼ぎになったんで、今日は休みにしてもいいかなって」

オークと野ウサギ狩りで懐はかなり温かい。無理して稼ぐ必要もない。

「それにほら、Eランクになったんですよ」

そう言ってカードを見せる。

「もうランクが上がるなんてすごいわね」

女将さんは俺のことを子供だと思っているフシがある。

「これでも結構強いんですよ」

初心者講習会でみっちりと訓練したのだ。体力も剣術の腕も格段に上がっているし、同じ訓練生と二対一でも勝てたりする。オーク五匹も余裕だった。

「そう？　でもランクの上がりたてが危ないって言うから気をつけるのよ」

素直に「はい」と返事をする。言われるまでもなく危険な真似をするつもりは毛頭ない。

「ほう。野ウサギはランクが上がったのか」

女将さんのやり取りを聞いていたのだろう。食堂に居残った冒険者の一人が声をかけてきた。

「ええ、まあ」

俺の噂《うわさ》は当然泊まり客なら全員知っている。名前は知らなくても野ウサギ野ウサギと気軽に声をかけてくるのだ。

「お前ソロだろ？　うちのパーティに入れてやってもいいぞ」

すごく……上から目線です。どうやって断ろうかと考えているともう一人追加が来やがった。

「なんだ野ウサギ、パーティを探してるのか？　ならうちにしろよ。こいつのとこよりうちのほうがランクが高いぞ」

「Dランクが一人多いだけじゃねーかよ。なんならお試しでもいいんだぞ」

「こいつのところなんか命がいくらあっても足らんぞ。入るならうちにしろ」

「なんだと!?」

「いや、あの……」

俺の意思を無視して争いが勃発《ぼっぱつ》しそうだ。見た目が怖い上に、行動が粗野だからこいつらは嫌なんだよ……

「そこまでにしときなさい。マサルちゃん困ってるでしょ」

「いやあ、無理やり誘おうってんじゃ、なあ?」

「ああ」

だが女将さんのお陰で冒険者は退散してくれた。

「すいません、助かりました」

「困ったものね。でもあの子たちのところもそう悪くないのよ」

「そうなんです?」

「ああ見えて慎重にやってるから怪我人も滅多に出ないし」

でもそれじゃだめだな。安全にいけるのならそれに越したことはないが、経験値は欲しいし、自由に動けなくなるのも困る。

「冒険者もなったばかりですしね。ゆっくり考えようかと思ってます」

「そうね。急ぐ必要はないわね」

そうだ。ゆっくりやればいい。こっちに来てまだ二週間しか経ってないのだ。

「じゃあそろそろ出かけます。夕食までに戻ります」

「いってらっしゃい」

いつまでも宿にいたら、またあいつらに絡まれるかもしれない。とはいえ、特に行くところもないので自然に足は冒険者ギルドに向かう。


冒険者ギルドにつき、ホールに貼《は》り出してある依頼を確認していく。護衛、素材収集、薬草採取。建築現場や飲食店でのバイト募集なんてのもある。討伐依頼に関しては魔物のリストが一括して貼ってあり、狩りさえすれば常時報酬はもらえる。

やはりあまりいい依頼はない。護衛の報酬はいいが、拘束期間が長い。素材や薬草は値段がピンきりだが、報酬が高いのにはランク制限が設けられている。下から二番目のEランクで受けられるようなのは報酬がしょぼいし、そもそもその素材が何なのか見たこともないし、どこにあるのかもさっぱりわからない。バイト募集なんて問題外である。野ウサギを狩るほうが報酬がはるかにいい。

「野ウサギじゃないか。依頼を探してるのか？」

「ええ、まあ」

横から声がかかる。あっちは俺を知っているようだが、顔も知らない冒険者だ。隠密で気配を殺してると結構気づかれないのだが、さすがに真横にいると隠れようもない。

「お前ソロだろ？　俺達の依頼に連れて行ってやってもいいぜ」

またもや上から目線の勧誘である。俺が駆け出し冒険者なのは確かなんだが、どうしてこいつらはこう偉そうなんだろう。

それにしても、なんだ。このモテっぷりは？　俺の華麗な野ウサギ狩りの腕が必要とされてるってことか？

「確かにすごいけど、野ウサギが狩れてもな」

聞いてみたらすぐに否定された。

「意味がわからない」

「つまりだな。アイテムボックスだよ。お前すごい数持てるよな」

モテたんじゃなくて、持てるんだった。うん、自分で言っててつまらない。

「お前は安全な後方にいればいいからよ」

なるほど。宿屋の冒険者もそれが目当てだったのか。

念のために荷物持ちの報酬を聞いてみたのだが、これがしょぼい。

「俺、昨日は野ウサギ三五匹狩ってきたんですよ。報酬いくらくらいかわかりますよね？」

「……ん、むう」

25ゴルド×三五匹で875ゴルド。冒険者も頭の中で計算したのだろう。しぶい顔をしている。

「じゃ、そういうことで」

その冒険者を放置してさっさと立ち去る。どうも他の冒険者もチラチラこちらを見ている気がする。気のせいならいいが、また捕獲されては面倒くさいので冒険者ギルドを後にする。

野ウサギが狩れてもな、だと。しょっぱい報酬しか提示できねーくせに、馬鹿にしやがって。うん、今日も野ウサギ狩りにするか。

装備をきちんと整え、門を抜けると草原はすぐそこだ。街道を外れ草原を進む。数は少ないものの町に近い位置でも気配察知があれば野ウサギは見つけることができる。

「一匹発見、と」

隠密忍び足で近寄ると、さっくりとナイフを投げて仕留める。あれほど危険な野獣がもはや雑魚ですらない。

一〇匹仕留めたところで休憩する。これで250ゴルド。日本円で二万五千円くらいである。お金を稼ぐだけならこれで十分なんだが、問題は野ウサギで経験値が入らないってことなんだよなー。かなり狩ったはずなんだが、野ウサギでは4あたりからレベルが一個も上がらなくなった。経験値が微量なのか、まったくないのかはわからないが、どっちにしろ野ウサギのみではやっていけないのは確かだ。

かといって森も怖い。みんなが口を揃《そろ》えて危険だと言うのだ。実際に入り口あたりでオークに襲撃されたし、あれが普通の駆け出し冒険者だったら確かに死んでたかもしれない。

ちらりと森の方角を見る。今日はやめとこう。もう十分に稼いだし。

「今日は何匹だ？　一〇匹か。野ウサギは農園も荒らすからな。しっかり狩っといてくれよ」

門番の兵士にそう言われる。農園なんかあったのか。

聞くとどうやら、この門の反対側にあって結構な広さがあるそうだ。そんなことも知らんのかとちょっと呆《あき》れられた。町の反対側なんかに用はないし、仕方ないんだよ！

だが野ウサギのことはいい話を聞いたぞ。あんまり狩りすぎて怒られないかと思ったが、別にそんなこともないのなら次からは遠慮なく行けるな。

「次からは本気でやりますよ」

「さすが野ウサギ、頼もしいな！」

その野ウサギはいい加減やめてくれませんかね……

「一匹どうです？」

ふと思いついて野ウサギを一匹差し出す。ちょっとした情報を教えてもらった礼だ。

「おお、いいのか？」

「いくらでも獲れますからね」

一匹や二匹、なんてこともないのだ。

「それもそうだ。ありがたくもらっておこう。今日はご馳走《ちそう》だな！」

そんなことをやってるうちに、他の門番の兵士が集まってきた。ちょうど交通が途切れた時間で暇だったらしい。

そして、いいなーいいなー。一人だけずるいなー、と屈強な兵士の人たちが俺を見て言うのである。

「あの、どうぞ」

一人一匹ずつ差し出したよ。合計して五匹。

ゆすり取られたみたいな形になったけど、なんかすっごく喜んでたし、渡しながらまあいいかって思い直した。兵士って給料安いらしい。

とりあえず町には入らず、そのまま農園を見に行くことにした。

まだ午前中だし、戻ってもすることがない。農園は南のほうがでかいと教えてもらったのでそちらを目指す。町の高い壁にそってさくさく歩いて行くとほどなく農園が見えてきた。一メートルほどの低い壁が町の壁と直角方向に延々と続いている。野ウサギ避《よ》けならこの程度で十分なんだろう。農園は一部分は作物が植えられて青々としていたが、ほとんどがむき出しの地面だった。耕した形跡はあるから、これから作物を植えるんだろうか。壁を乗り越えてさら進む。不法侵入っぽいが、他に道も見当たらない。

遠方に数人、作業をしている人が見えて、一人がこちらに気がつく。俺が怪しいものじゃないですよーと手を振ると、それで興味をなくしたのかまた作業に戻っていった。邪魔しちゃ悪いのでそのまま壁沿いに進む。

壁の一箇所には堆肥《たいひ》が山積みにされていた。すごい異臭がした。原料は何かはわからないし知りたくもないが、かなり発酵が進んでいるようだ。

またしばらく歩いて行くと、街道が見えてきた。西側の街道は農園を突っ切るような形で通っており、確かにこれで農園があるのを知らないとか言った日には呆れられるのも当然だなと納得した。門があって、こちらでも同じように兵士が検問に当たっていたが、とりあえずは町の外のほうへと向かう。この街道はそのまま西へ向かうと、馬車で五日ほどの距離に王都があるそうである。

王都にはそのうち行こうとは思っているが、今日の目的地は川だ。町の近くには川が流れており、立派な橋がかかっているそうだ。

橋ではなく川はすぐに見えてきた。小川だ。近づくと小さい橋がかかっているのがわかった。これが立派な橋か？　と思いつつ、さらに進むとちゃんとした川が見えてきた。大河ってほどじゃないが、川幅は一〇〇メートルほどはあって流れはゆるやかだ。さっきのは農園に水を引き込む水路だったようだ。水路のほうには水車が二つほど建っているのが見えた。橋は石造りのがっしりとしたものがかかっており、多少の増水ではびくともしそうにない。

橋の中ほどに釣りをしてる人が見えた。革鎧《よろい》を着て、剣と弓を持ってるのがいかにも異世界らしい。そのまま釣り人のほうに近寄っていく。白髪のお爺《じい》さんだ。がっしりした体格で装備も年季が入っている。引退した冒険者か何かだろうか。

「釣れますか？」

「まあまあだな。お前さん、釣りに興味あるのかね？」

「ええ」

正直釣り自体にはそれほど興味はない。釣りとか小さい頃、釣り堀でやったことがあるくらいだ。だが、釣れた魚には興味がある。

「何が釣れるんです？」

「これだ」

年配の釣り人は木のバケツを見せてくれる。中には変わった形の魚が二匹。三〇センチくらいはある。なんだろう、どっかで見たことある魚だな。

「見た目は悪いが味はいいぞ」

思い出した。深海魚でこんなのがいた。頭がでかくて口もでかい。よく見てみると鋭い歯がびっしりと生えている。

「お、かかった」

俺が魚を見ているうちに獲物がかかったようだ。リールもついてない木の竿《さお》でどうするのかと思ったら、どっせーいという気合とともに一気に魚を釣り上げた。俺の近くに落ちた魚がびちびちと暴れる。

「離れてろよ。噛《か》まれたら指くらいは簡単に食いちぎられるぞ」

思わず一歩あとずさる。釣り人はナイフを取り出すと手慣れた様子でとどめを刺した。

「この川ってこんなのがいっぱいいるんです？」

「そうだぞ。川には近寄らんようにしておけよ」

欄干は腰くらいの高さしかない。ふらふらしてたら簡単に落ちそうだ。

「落ちたら……」

「運が良ければ二、三箇所噛まれるくらいで岸までたどり着けるかもな」

こえー、川こえーよ！　絶対に近寄らないようにしよう。

改めて川を見渡す。こんなに町に近いところにあるのに、船の一つも見えないのはそんな理由なのか。もちろん釣り人もこの人以外にいない。

話を聞いてみると釣りの人気がないのがよくわかる。町の外が危険なら釣った魚も危険。普通の糸じゃ食いちぎられるから高額な釣り専用の糸が必要。さらに、そこまでして釣れた魚はそれほどの値段になるわけでもない。

だが町の外でもこのあたりは安全だし、魚も慣れれば危険はない。糸も無くさないようにすれば大丈夫。そうこのお爺さんは説明をする。

「いっちょお前さんもどうかね？」

「遠慮しておきます」

これは俺の知ってる釣りじゃない。釣りってのんびりやるものだよね？

「そうかね？　気が変わったらいつでもここに来るといい。釣りの良さを教えてやろう」

命がけの釣りとか御免こうむります。

釣り人のお爺さんと別れて町に戻ることにした。そろそろお昼も近く、お腹が空いてきた。お爺さんはお弁当持参で午後も釣り続行らしい。終日釣りの老後って字面だけ見ると悪くない感じだけど、相手が殺人魚だものなあ。異世界怖い。

門を何事もなく通り過ぎる。カードをチェックして終わりだ。こっちでは顔が知られてなくて野ウサギ野ウサギ言われたりしないのはいいな。

町の西側は用がないので来るのは初めてだが、東側とそんなに変わらない。店があって、露店があって結構な数の人が忙しげに、または俺みたいに暇そうに行き交っている。

さて何を食べようか。

こちらの食事はそう悪くない。米や醤油《しょうゆ》がないのを除けばパンやパスタはあるし、調味料も揃っている。変わった食材がたまに出てくるのに目をつぶれば食べるのには困らない。野菜は大丈夫だ。日本で見たことあるような野菜も多いし、よくわからないものでも野菜は野菜だ。違和感はない。

肉なのだ。問題は。こっちにきて初めて食べたのは野ウサギだったのだが、この町で一番流通してるのはオーク肉である。牛や豚はいないのだ。オーク以外にも色々な肉が出てくる。三つくらい名前を聞いた後、もう気にするのをやめた。現地の人は普通に食べてるし、味も普通だ。腹を壊すこともなかったし、気にするだけ無駄なのだ。食わないと生きていけない。

でも、虫よ。お前だけはダメだ。虫は肉じゃない。

美味しいらしいのだが巨大な昆虫が分解されて、煮たり焼いたりされてるのを見るのはさすがに限度を超えている。幸い、流通量はそんなにないようで避けるのは簡単だし、異世界人でも苦手な人はいるらしく、嫌がっても不審には思われなかった。

いい匂《にお》いのする屋台を見つけてスープを買う。肉や野菜、それにたぶん麦がごった煮してある。容器は自分で用意する。店でも器は貸してくれるが、自分の容器を使うと少し多めに入れてくれるのだ。値段は銅貨三枚で十分に満腹になる量がある。

広場の隅に座り込んでスープを味わいながら人の流れを眺める。人種は実に様々だ。一番多いのは普通の人間だが、肌の色だけで白いのから黒いのまでいるし、尻尾《しっぽ》と猫耳のついた獣人やドワーフらしいずんぐりした人も少数であるが見かける。エルフもいるらしいのだが、まだ一度も見たことがない。ファンタジーといえば定番のエルフはいつかぜひ見たいものだ。

広場の反対側ではここまでは聞こえないが、吟遊詩人がギターのような楽器を弾き鳴らしながら何かを歌っていた。中世ヨーロッパくらいの文明、文化だと思ってたが、どうも古代ローマに近い気がしてきた。トイレもあるし、銭湯もちゃんとある。建物や橋も立派なものだし、水車はさっき見かけた。現代知識で一儲《もう》けも少しは考えていたのだが簡単にはいかないようだ。

そもそも俺はニートだし、できること、持ってる知識が極めて偏っている。高卒レベルの知識と、あとはアニメや漫画、小説の知識のみである。銃や大砲でも作れれば良かったのだが、火薬の作り方が思い出せなかった。

戦国モノの小説で硝石を作るのに、床下を使ってどうこうする、くらいまで思い出した。そこから先がさっぱりだった。それに銃の構造もわからない。火縄銃ですら細部を示せって言われたら困る。

鉄の筒に火薬と弾を入れる。そこに火縄で火をつける。どうやってだろう？　小さい穴を開けて火縄を通す？　穴なんか作ったら火薬が爆発した時に圧力が抜けるんじゃないだろうか？

武器の線は多分無理だな。武器屋を見て回ったがどれも精巧で品質も良さそうだった。日本刀はさすがに見当たらなかったが、そもそも作り方なんか知らないし。鉄の防具なんかもとてもじゃないが、素人に手が出せるようなシロモノじゃない。

医療はダメだ。薬や治療法なんかまったく知らない。せいぜい手を洗おう、歯を磨こう、太ったら糖尿病になりやすい。この程度だ。

農業も先ほどちらっと見た限り、鍬《くわ》のようものは持っていたし、堆肥らしきものもあった。この線もまあ無理だな。都会とは言えないが、そこそこ発展した地方都市で育ったし農業なんかやったこともない。せいぜいＴＶで芸能人が、毎週日曜日に田舎で農業をやっているのを見てたくらいだ。もしかしたらその知識で何か役にたつものがあるかもしれないが、ここの農家の人のところに行ったとして、どうなるだろうか？

「農業の知識があります」

「どこで農業を？」

「ＴＶで見ました」

「は？」

「農業は実際にやったことがありませんが、芸能人がやってるのを毎週見てました」

「芸能人ですか……？」

「はい。米を作ったりビニールハウスを作ったり」

「やったことはないんですよね？」

「ないです」

「カエレ」

うん、だめそうだ。

娯楽はだめだ。アニメや小説、漫画の話を本にして売ればたぶん儲かる。ボードゲームやカードゲームなんかも作れば売れそうだ。そのあたりの知識ならばっちりある。でも二〇年で滅びる世界に娯楽を広めてどうなるんだ。仮に魔王に攻め滅ぼされるとして、住民が麻雀《マージャン》にハマってましたじゃ滅亡が早まりそうだ。それはヤバイ。俺のせいで世界の滅びが早まる。

知識で儲けるなら実用的な、世界が発展するようなのじゃないといけないんだが、こうやって考えてみるとほんとに実用的な知識ってないものなんだな。

ふと思いつく。これってもしかして、チートスキルもらってなかったら詰んでたんじゃないか？　まず最初の草原で野ウサギになぶり殺しにされるだろ。そこをなんとかしても門で止められるな。言葉もわからない。妙な格好。お金もない。

なんとか町に入れてもらえても、やっぱり言葉はわからないし、冒険者ギルドの登録もできたかどうか。ギルドに入れたとしてもやっぱり言葉がわからない。依頼なんかできるわけもない。

これはだめだ。確実に野垂れ死にコースだな。

百歩譲って言語チートだけはもらったことにしよう。あと町とギルドに入るお金。それくらいはいいよな。討伐依頼は無理だな。野ウサギすら倒せるかどうか微妙。薬草はわからんし、草原は危険だ。オークなんかに出会ったら即死するな。

となると雑用系の依頼ってことになるか。荷運びとか、ドブ掃除。きつそうだな。女将さんのとこで皿洗いさせてもらおうかな。料理はそこそこできるし。異世界ではないレシピでも使って、店を繁盛させて娘さんと結婚。は、だめだな。冒険者に殺される。独立しよう。

小さい店を手に入れてちょっとずつ大きい店に。いずれはチェーン店にしたいな。それでお金を儲けて、嫁さんをもらって。

異世界まで来てやることがこれか……日本でラーメン屋でも開いてがんばるほうがいいな。

それにいくらがんばって店を大きくしても、二〇年後の終了は確定してるしなあ。

内政とか生産系はがんばってもどうにもならんね。たぶん。

じゃあ戦闘系を鍛えてみようか。ギルドに入って初心者講習会に入れてもらえるとしよう。それでオークを倒せるくらいにはなるかな。

たぶん一匹ならいける。いや、きついか……？　ノーマル状態だと、運動能力もしょぼいし。弓を使おう。弓なら戦えそう。それから訓練で一緒だった知り合いのパーティに入れてもらおうかな。誘われたし。いや、これもどうなんだろう。もしチートなし状態のへぼへぼな俺だったら誘ってくれたか？　うーん。そのときはこっちから頼み込むか。一緒に死線をくぐった仲間だ。無碍《むげ》にはするまい。

これでパーティに入れそうだし、ずいぶん安全に冒険者ができるようになったな。ぼちぼちと、死なないように稼ぎつつ強く……強く……なる？

この経験値を稼いでレベルアップするシステムってチートだろうか？　普通の人も経験値を稼いだらレベル上がる？　他の人のステータスは見れないからわからんな。でもレベルアップって普通の人はしないよな。うん、しないわ。これもチートだな。じゃあ、レベルアップはなし。普通に筋トレとか修行しないと強くならないことにしよう。

でも俺は二三歳。もう成長期は過ぎてるし、強くなるって言っても限度がある。多少強くなった程度じゃだめだ。きっと生き残れない。厳しいな。

魔法があった。魔法なら使えるはずだ。魔力はこれ自前だよな？　その部分は強化はまだしてないし、最初からＭＰは持ってた。魔法を覚えよう。これでなんとかなるか？　なるかもしれない。弓と剣でどうにかしようとするよりずいぶんましになった気がするぞ。今ある火魔法レベル３ならどれくらいで到達できるかな。一〇年、いや五年ってことにしよう。魔法使いの才能はそこそこあるって設定くらいはいいよな。

二〇年あれば火魔法レベル４くらいいけるだろうか。５は無理として４はいけるだろ。それで魔王と対決？　ないな。想像もできない。そもそも二〇年で世界が滅ぶってなんだよ！　設定に無理があるよ！　個人でどうこうできる話じゃないよ！　見直し！　見直しを要求する！

チートってまじチートだなあ。なかったら死んでた。スキル取得に加えてレベルアップでステータスを強化すれば、俺みたいな雑魚でもそれなりに戦えるようになれそうだ。

それと自分の無能っぷりもよくわかった。もっと勉強しとけばよかったのかな。でもそうするとハロワにもいかないし、こんなとこ来てないよな。やっぱ勉強もっとして真面目に生きてりゃよかったのか。そしたら普通の人生送れたかもしれないな。

普通の人生か。大学受験に失敗した時点で、人生負け組一直線だよなあ。いや、別に高卒でもちゃんと稼いでる人はいっぱいいるし、俺が無能なだけか。チートでもつけないと本当に何にもできない。

あ、だめだ。悲しくなってきたな。せっかくチートもらって新天地に来たんだし、楽しまないとな。ちょっと生命の危険があったり、超絶しごきを食らったりする以外はこっちもそんなに悪くない。TVも漫画もないのはどうかと思ったけど、なかったらないで案外気にならないものな。

それにチートがあればこっちの世界じゃかなり強くなれる。教官にはボッコボコにされたものの、レベル2でも訓練生同士の戦闘じゃ誰にも負けなかったし。レベルが上がってスキルを増やしていけば無敵になるんじゃないだろうか。うん、元気出てきた。

二〇年生き延びたら日本に戻れるんだし、死なないように無理しないで、適当に逃げまわっておけばいいわ。うん、それでいこう。

座り込んでいた広場の隅っこから立ち上がる。広場には俺みたいな暇人は結構いるし、気配を殺してることもあって、誰も気にもとめない。考えてるうちに結構時間は経っていたが、宿に帰るには早いかな。広場の反対側で歌ってる吟遊詩人でも見に行くか。

広場の中央部を通る時は注意が必要だ。馬車が通るので、ふらふら歩いていると馬にはねられて別の異世界に転生なんてことになりかねない。それとは別に馬のウンコが普通に落ちてる。掃除して回っている人がいて、そのうち綺麗《きれい》になるんだが十分な注意が必要だ。あいつら歩きながらぶりぶりやるんだぜ。一回あやうくかけられそうになったよ。

吟遊詩人は二〇代くらいの若い男で、顔はまあ普通だな。白い羽がついたつば広の帽子に草色のマント。地面に皮か何かのシートを敷いて座り込み、小さいギター、いやリュートかな？　を持ってぽろんぽろんとゆっくりとしたメロディをかき鳴らしている。

「何かリクエストはございませんか？」

俺が近づくのに気がつくと、そう聞いてきた。リクエストしろってことですよね。そしておひねりを出せと。別に知りませんって顔をして聴いててもいいみたいなんだけど、そこは気弱な日本人。それほど図太くはなれない。

「何か明るい曲を」

そう言って、おひねりに銅貨を一枚、木の器に入れる。銅貨一枚はたった一〇〇円だけど、気持ちだしね、気持ち。

お金を入れて、俺が少し離れた位置に腰を落ち着けると吟遊詩人はポロロンと今までと違った調子でリュートを鳴らし歌い始めた。

さすがにプロだけあっていい声をしている。題材は故郷を飛び出した若者が商人になって出世する話か。苦労して、失敗もして、最後は成功してお金持ちに。かわいい嫁さんをもらって大きい家に住んで。うん、どこでも人の願望って似たようなものだな。

そのまま座り込んで何曲も聴いていた。三回ほどおひねりを追加してたら、聴衆が増えて吟遊詩人さんもノッてきたようだ。俺以外からもおひねりがたくさん入って気持ちよさそうに歌っている。だが正直微妙っていえば微妙である。声はいいし、楽器の腕もいいんだろうけど、単調でのんびりとした歌が多い。何曲かは日本で出しても売れるんじゃないかってのもあったけど、全体として見ればちょっと物足りない。ここは音楽に関してはそれほど進歩してないようだ。

日本のアニソンや歌謡曲が懐かしい。一曲こいつらに披露してやってもいいんだが、あいにくそれほど歌はうまくない。楽器も使えない。下手なりにでも歌えば人気が出そうな曲は何曲も知っているが、目立つのは嫌いだ。それにやっぱり歌で世界は救えそうにない。

最終的にそこへ行き着くんだよな。戦う道以外の選択肢が極めて少ないのだ。どの道二〇年経ったら日本に帰るのだ。お金儲けに意味はないとは言わないが、とにかく今のところは強くなるのを最優先にしないとそのうち死んでしまう気がする。

しかし、世界を救わなくていいっていうのはどういうことだろうか。スキルのテストって言ってたし、俺が報告をあげてるのをフィードバックでもして、本命を投入するつもりでもあるんだろうか。ありそうだ。だからこそ、俺みたいな大して役に立ちそうもない人間を選んだのかもしれない。あの時確かに言っていた。あの求人は適性のある人のみ引っかかると。

そうだよな。世界を救うつもりがあるんなら、もっとやる気があって強そうなやつを連れてくればいいんだよ。うん、そうだ。俺はなにもしなくていい。生き延びることを考えて二〇年過ごせばきっとなんとかなるさ……

ふと気がつくとほとんどの客が引いていた。ちょっとぼーっとしてたようだ。吟遊詩人がちゃりちゃりと収入を数えていた。

「今日は最後まで聞いてくれてありがとう」

おひねりも四回くらい出したしな。銅貨一枚ずつだけど、それでも安い食事なら二回分くらいにはなる。馬鹿にできない金額だ。

「僕の歌はどうだった？」

「うーん。まああってところかなあ」

「手厳しいね」

そう言って苦笑する吟遊詩人さん。実際のところ素人のど自慢でうまい人レベルだ。地球のプロ歌手のうまい人と比べればどうしたって質は落ちる。

「でもそのとおりなんだよね。自分でも悪くはないと思うんだけど、劇場とかで使ってもらえるほどじゃないんだ」

吟遊詩人さんも苦労してるんだな。

「オリジナル曲とかも作ってるんだけど、なかなかうまくいかなくてね」

「俺の故郷の曲を教えようか？」

ふと思いついて言ってみる。教えるのはもちろんアニソンだ。

「へえ、どんなのだい？」

有名なロボットアニメのオープニングを熱唱してやる。当然日本語だ。現地語で歌うなんて器用な真似はさすがにできないしな。

「ちょっと待って。もう一回、もう一回頼むよ」

メモを用意した吟遊詩人さんの求めに従って何度か歌ってやる。

「言葉はわからないけど、勇壮な曲だね」

「そう。これは戦に赴く戦士の曲だよ」

「意味は……？」

吟遊詩人さんの取ったメモを元に、歌詞をラズグラドワールド語に翻訳していってやる。もちろんロボットの名前はそのままだ。そこは間違えないように発音も正確にきっちりと繰り返し教えておいた。もし俺の後にこっちに来る日本人が居たら。この歌をどこかで聴いたら驚くだろうな！

ついでにエンディング曲とか、続編のとか劇場版のやつとかも何曲か教えておいた。吟遊詩人さんはすっごく喜んでた。

「でも僕がこれ、使っていいのかい？」

「うん。俺の故郷の人が、異郷の地でこの曲を聴いたらきっと泣いて喜ぶよ」

「そういうことなら」

「がんばって有名になって広めてよ」

「ありがとう！　がんばるよ！」

ぜひがんばって、アニソンをこの異世界に広めて欲しい。そして続いて来るかもしれない日本人を驚かせて欲しいものだ。

吟遊詩人さんの相手をしてるうちに夕方だ。そろそろ宿に帰る時間だな。今日は久しぶりにゆっくりできた。これで一人じゃなかったらもっと良かったんだけど。

こっちに来てハーレムでも作ろうって思ったんだけど、ハーレムって一体どうやって作るんだろうね。どこに女の子が落ちてるんだろう？　いや、女の子が空から落ちてくるのか？　ないな。空から人が落ちてくるとか意味がわからない。

こっちで知ってる女の子といえば、真偽官の子に、ギルドの受付のおねーさん三人、宿の娘さん、訓練生の子。

受付のおねーさんはだめだな。彼氏どころか結婚しててもおかしくないし、そもそも顔しか知らない。娘さんは競争率が激しすぎる。真偽官の子はちょっと小さいか。訓練生の子は遠くに行っちゃったし。あれ？　俺はどこで出会いを求めればいいの？　道行く女性をナンパ……？　無理だ。泊まってる宿は野郎ばっかりだし、冒険者ギルドにたまにいる女性方はアマゾネスタイプだし……

ええと、こういう時ファンタジーな小説では、町の外で盗賊に襲われている女性を助けるんだよな？　一人でふらふら旅をすればいいんだろうか？　女の子目当てに？　ないわー。ない。無理！

他にどんなパターンがあったっけな。学園編か。学校に入ってモテモテ！　残念、俺二三歳です！　学校って年じゃないぞ。魔法学校とかあるのかな？　ありそうだ。魔法の勉強……ないな。

経験値稼いでスキルで取れるし。学校入ってる間、レベル上げできないのは困るな。

そういえばどこかで回復魔法習えないかって思ってたんだ。考えてたより、経験値を稼ぐのに命の危険を伴いそうだし、なるべく節約できるところは節約したい。戦闘系は割とあっさりレベル1にできたし、魔法もどうにかできるんじゃないだろうか。

どこで習えるか、明日受付のおっちゃんにでも聞いてみよう。まさか魔法学校でしか習えないってこともあるまい。


宿に戻ると、日はすっかり傾き食堂は酒を飲む冒険者で混み合っていた。基本的に繁盛している店ではあるが、席が埋まるのは珍しい。どうしようかと思ってると、カウンター席が一個空いていたので紛れ込ませてもらう。

給仕のおばちゃんにいつも頼む、一番安い日替わり定食を注文する。シェフの気まぐれセットとも言う。最初は何が出てくるかとドキドキしたものだ。だがこの宿の主《あるじ》であるおっちゃんの料理の腕は確かだ。何の肉を使ってるかわからなくても味は間違いなく美味い。

すぐに女将さんが定食を運んできてくれた。小さいパンにスープ。肉がどっさり入った山盛りのパスタだ。

「サービスしといたわよー」

女将さんは俺にたくさん食べさせようとする。食べてもっとでかくなれってことだろう。でも俺もう成長期過ぎてるんですよ……

「いつもありがとうございます」

しかし礼を言って素直に頂いておく。普通盛りだと少し物足りないので、同じ値段で大盛りにしてくれるのはとても助かる。

今日のパスタも絶品である。肉が何かとか詮索《せんさく》する気もなくなる。パンは少し硬くてパサパサだがスープに浸して食べると悪くない味だ。米が恋しくなるかと思ったが別にそうでもない。まあそんな余裕のある生活じゃなかったってせいでもあるが。

賑わう食堂を見回す。娘さんはもう引っ込んでる。大事な娘に酔っ払った冒険者の相手をさせられないってことだろう。それでなくても、朝早くに朝食の準備もある。夜は夜でパートのおばちゃんが数人、食堂と厨房《ちゅうぼう》の応援に来ているしそれで人手は足りてるんだろう。

俺の食事が終わる頃には食堂のほうも落ち着いてきた。夕食客が帰って、飲みに来た客が残った感じだ。俺は酒はあまり飲まないほうなので引き上げることにする。酔っ払った冒険者とかには近寄りたくもない。


部屋に戻るとお腹《なか》がふくれてちょっと眠くなってきた。

寝る前に日誌を一〇分くらいかけて書く。内容は今日あったことや見聞きしたことが中心だ。

日誌というより日記だな、これ。でも今日は野ウサギをちょろっと狩っただけだし、毎回ちゃんとした報告が書けるものでもない。伊藤神《いとうしん》からは文句もないのでこれでいいんだろうと思い、宿の薄くて硬い寝台に潜り込んだ。

第9話　教えて！ アンジェラ先生

　この世界の一日は朝日が昇ってからスタートするから午前中が結構長い。

　朝食を食べてギルドで依頼を確認し、森の近くまで狩りをして帰ってもまだ昼前である。その分夜が早いんだが、慣れるまで朝がきつかった。起こしに来てもらったにもかかわらず、二度寝して宿の朝食を食べ逃したり。


「そろそろパーティを組むことを考えたらどうかな」

　野ウサギの肉を納品して、報酬を受け取っていると、そうおっちゃんが言ってくる。

「森のほうに行くならソロはつらくなってくるよ。ほら、講習で一緒だった子らとか、他にも君とパーティを組みたいって人もいるし」

　おっちゃんに聞いたところによると、魔法使いはレア職らしく、基本的に誰でも魔力は持ってはいるが、実用的な量を持っている人は少ないそうだ。

　MPは使い切れば気絶する。修行して覚えたところで、数発の火矢でMP切れを起こし気絶するようなスキルははっきりいって無駄。弓や投擲《とうてき》のほうが同じことを効率よくできる。

　結果、魔法を低レベルから使いこなせる人材は貴重なのである。

　それにアイテムボックスは空間魔法の一種で、非常に便利なので覚える冒険者はそれなりにいるそうなんだが、収容量などに問題があるらしい。野ウサギのときに堂々とやったのは正直失敗だった。野ウサギの数より、あれだけの量を収納していたことのほうが目立ったみたいだ。

誰にも魔法を使ってるところを見せたことがないせいで、そちらの実力は知られていないのだが、実力のわからない魔法使いとしてよりも、荷物持ちとして期待されているのがちょっとばかり嫌な気分である。

「考えておきますよ」

それに冒険者たちは怖い。見た目が。体育会系である。軍隊である。

訓練を一緒にしていた二人なら平気だが、あの二人のパーティ、他にもメンバーいるんだよね。はっきり言って知らない人と冒険に出て何時間も何日も一緒にいるのはつらいものがある。

「ところで回復魔法を教えてくれるところとかありませんか？」

いずれ回復魔法は取っておくべきだが、今のところ優先度は低い。手持ちのポイントが少ないのもあって、他の狩りに使えるようなスキルにポイントを使いたかったのだ。習って取得できるならそれにこしたことはない。

「それなら神殿だね。寄付をすれば教えてくれるよ。回復魔法の習得は難しいらしいけど、君ならきっと大丈夫だ」

昼ごはんを適当に済ませたあと神殿に向かう。

神殿ということでパルテノン神殿を思い浮かべたんだが、そこはどちらかというと教会に近かった。大きな石造りの建物に、これもまた大きな扉がついており開け放たれている。中を見ると、ホールの奥に三メートル大の石像がいくつも並んでいた。

ここの神様だろうか。

男性神に女神、武器を持ったのやら祈った格好のやら色々である。

何人か人がいたが、お祈りをしてたり、よくわからない作業をしていた。中央に建ってるでかい像の顔が伊藤《いとう》さんに似ている気がする。神様って言ってたし本人かもしれないな。眺めていると神父らしき人が声をかけてきた。

「諸神の神殿へようこそ、冒険者の方。何か御用ですかな?」

「はい、ここで回復魔法を教えていただけると聞いて」

「そうですか、では担当のところへ案内いたしましょう」

一度神殿を出て中庭のようなところを抜け隣の建物に向かう。

ロビーには怪我人や具合の悪そうな人が座っていた。ここは病院か。神父さんに連れられさらに奥へ入って行く。


「こちらがシスターアンジェラです。ではアンジェラ、よろしくお願いしますよ」

そう言って神父さんは去っていった。

シスターアンジェラは金髪で長い髪をしたちょっと愛嬌《あいきょう》のある感じの、整った顔立ちをした結構な美人さんでたぶん二〇歳くらいだろうか。背は俺と変わらないくらい、一六〇センチほど。白を基調とした質素な服に身をつつみ、でかい胸を装備していた。メイド服を着せたらとても似合うだろう。頭に神父さんとお揃《そろ》いの丸い平べったい帽子をかぶっている。たぶんこれがここの職員？のトレードマークなんだな。

「や、山野《やまの》マサルです。よ、よろしくお願いします」

シスターに見つめられ顔が赤くなるのがわかった。女性と話すのは久しぶりである。

前世では母親かコンビニ店員、こちらに来てからも宿の女将さんか初心者講習に一人いた子くらいとしかまともに会話していない。女性は嫌いではないが、リアル女性はすごく苦手なのである。

突然シスターが近寄ってきて体をぺたぺたと触ってきた。

胸があたりそうだ。顔も近いよ！

「あ、あの、な、なにを」

満足したのか、離れてくれた。

「魔力は強いようね。魔法はどの程度使えるの？」

「火魔法をそこそこ使えます。あとは浄化とかライトとか」

「一番威力のある魔法を見せてみなさい。君の魔法の実力が知りたい」

部屋を出て庭に案内された。

「広さは余裕ありますけど、音とかでかいですし地面に穴があきますよ。ここでぶっ放して大丈夫ですかね」

庭は広そうだったけど、小爆破の魔法は音もすごいし小さいクレーターができる。庭の両脇には神殿と病院、奥のほうにも建物が建っていて道路側以外は三方向を囲まれている。ちょっと心配になって聞いてみた。

「大丈夫。どーんといってみなさい！」

ＭＰは70あった。これなら十分だろう。

手のひらを前に突き出して【小爆破】の詠唱を開始する。レベル３の呪文だけあって小爆破は溜《た》めに少々時間がかかる。詠唱が完了し、庭の中央に向けて発射する。

ボンッという音と共に衝撃と砂が飛んできた。庭には一メートルくらいの深い穴ができている。

何人かびっくりして様子を見に来たがアンジェラが追い返してた。

「なかなかやるじゃない。これなら回復魔法の習得も問題ないね」

「そうなんですか？」

「魔力があるってことはそれだけ練習もたくさんできるってことだからね。魔力が高ければ大抵の魔法は習得できる」

アンジェラにもう一個の建物に案内される。なんか子供がたくさんいて、アンジェラに突撃して抱きついてた。

う、うらやましくなんかないんだからね！

そのまま大きな食堂らしいところに通され、話をした。子供たちは遠くからちらちら様子を見ているが邪魔をしたりしない。しつけがいきとどいてるな。

「いまいくらゴルド持ってる？」

「はあ、５０００くらいですが」

つい正直に答えてしまう。

「結構貯《た》め込んでるじゃない。見てのとおり、うちの神殿は孤児院もやっていてね、寄付と治療院のあがりで運営しているのよ。つまり子供たちがちゃんと食事できるかどうか、マサルの寄付次第ってわけ」

そう来たか。

「それでいくら寄付してくれるのかな？」

「せ……１０００くらい……」

はぁ〜。

思いっきりため息をつかれた。

「最近は孤児も増えてね。ほら、あそこの子を見てごらん。あの子は最近両親をモンスターに食い殺されてね。たまには美味《おい》しいものを食べさせてやりたいじゃないか。服もあんなのじゃなくてもっといいものを着せてやりたいじゃないか」

なんか小さな女の子がこっちをうるうるした目で見つめてる……

「２……」

アンジェラに睨《にら》まれた。

「３０００……」

「３５００ね！　まあこれくらいで勘弁しておいてあげる。みんなー、今日はこのお兄ちゃんがいっぱい寄付してくれたからごちそうだよー」

わーーーっと周りから歓声があがった。

みんな飛び上がって喜んでるし、まあいいかって気分になった。

３５００ゴルドで日本円にして三五万。自動車教習よりは少し高いくらい。これで魔法が覚えられるんだから、そんなに高いとは言えないのかもしれん。

アイテムから３５００を取り出し渡す。金貨三枚と銀貨五枚。金貨が１０００ゴルド、銀貨が１００ゴルドである。

「アイテムボックスも使えるのか。なかなか優秀だね」

アイテムボックスに野ウサギの肉×3が残っていたので、ついでに渡す。

ウサギといっても普通にペットショップにいるようなのより数倍はでかい。中型犬くらいはサイズがあり、肉もかなりな量がある。これをとったのはだいぶ前だったが、アイテムボックスに入れておくと腐ったりしないので本当に便利だ。

「野ウサギの肉です。みなさんで食べてください」

「気がきくね。おーい、こっちにおいで。お客さまがお土産を持ってきてくれたよ！」

お兄ちゃんからお客さまに昇格したようだ。子供たちがわらわらとこっちに来る。一〇人以上いる。多い。

「ほらみんな、野ウサギの肉だよ。お兄ちゃんにお礼を言いなさい」

「「お兄ちゃん、ありがとー」」

声を合わせてお礼を言う。ほんとよくしつけられてるなー。

でもお客さまは一瞬で終了のようである。まあどっちでもいいんだけどね。

「ねえねえ、これ兄ちゃんがとってきたの？」

子供たちがこっちにも集まってきた。

「そうだよー」

「ねえねえ、ドラゴン倒せる？　ドラゴン！」

「んー、ドラゴンはまだ見たことないなー。でもこの前オークなら倒したぞー」

「オークすげー！　オーク！」

子供たちが尊敬のまなざしで見てくる。いやー、最近野ウサギに殺されかけたり、訓練で死にかけたりろくなことなかったけど、和むなー。

「兄ちゃん剣士か？　おれ冒険者になりたいんだよ！　剣教えてくれよ、剣！」

「もっと大きくなったらなー」

「馬鹿かおめー、この兄ちゃん魔法使いだぞ！　さっきでかい音しただろ。んで庭に穴があいたのこの兄ちゃんがやったんだぞ」

「すげー、魔法使いすげーー！」

はははは、いいぞいいぞ、もっと俺を尊敬しろ、子供たち！

「はいはい、そろそろ勉強の時間だよ。ほら、この肉冷蔵庫にしまってきて。今日の晩はこの肉を使いなさい」

アンジェラが大きい子供に指示を出していく。

「冷蔵庫なんかあるの？」

中世だと思っていたがそんな文明の利器があるのか。

「うん？　わたしは回復魔法のほかに水魔法が使えてね。自前で氷が作れるからね」

ああ、なるほど。魔法か。水魔法って地味そうな感じだったけど、氷魔法も含まれてるのか。夏とか結構よさそうだな。

「よし、じゃあ回復魔法を教えるよ。見たことはある？」

「ええ、見たことくらいは……」

初心者講習のときに何度も回復魔法をかけられたが正直あんまり覚えてない。なんせかけてもらうのは倒れたあとだったしな！

「とりあえずどんなものか見てもらおうかな。治療院に行くよ」

治療院のロビーを抜けて奥の部屋に入る。そこでは年配の神父と尼さんがお茶を飲んで休憩していた。

「あら？　その子が生徒さん？」

「そう。あ、わたしらもお茶ちょうだい。ほら座って座って」

お茶が出されたので飲む。ロビーには患者が待ってるようだったが、こんなにのんびりしていていいんだろうか。

紅茶かな？　結構おいしい。砂糖が二、三個欲しいところだけど。

「このお茶は少しだけど魔力を回復してくれるお茶でね。こうやってお茶を飲んで魔力を回復しながら治療をしてるんだよ」

「そうなのよー、魔力のやりくりが大変でねえ。わたしたちは午後の担当なんだけど、もうかつかつよー」

そう年配の尼さんのほうがのたまう。

「わたしとさっき案内してくれた司祭様が午前担当。人手が足りなくて困ってるんだよね」

「そうなのよー。ねえ、あなた。魔法を覚えたらここで働かない？　冒険者をやるより安全でいいわよー。なんなら時々アルバイトに来るだけでも」

「こらこら、勝手にスカウトしないでよね。こいつはわたしが預かった生徒なんだから」

「あらあら、アンちゃんこの子気にいっちゃったのかしらー。うふふふふ」

「もう、そういうのいいから！　ほら、こいつに治療を見学させてやってよ」

「アンちゃん……」

真っ赤になってる。色が白いと赤くなるとよくわかるなー。

いてっ、叩《たた》かれた。

「アンジェラさんか先生と呼べ。年下でしょ！」

「アンちゃんいくつ？　俺二三歳だけど」

「え、うそ……一五、六くらいかと思ってた」

ただでさえ東洋人は幼く見えるっていうし、俺は童顔だし背も低いしね。

でも一五はないと思う。

「だからってアンちゃんはやめろ。わたしは二〇だ。せめてアンジェラにして欲しい」

「はい、アンジェラ先生」

「じゃあ治療を再開しましょうかー」

治療室？　に移動して患者を呼ぶ。

「しっかり見ておきなさいよ」

男の人は病気のようだ。神父さんのほうが様子を見て、回復魔法をかけていく。一分ほどあとには元気になった男性がお礼言って出て行った。

「わかった？」

「手をかざしただけに見えたけど……」

「魔力の流れを見るんだ。目で見るんじゃない、こう、なんていうか、心？　で感じ取るんだよ」

あ、この人教師向いてない。感覚で覚えるタイプの人だ。

「そうねー。目に魔力を集中してみるといいわよ。慣れてくるとぼんやりと魔力の流れがわかるようになるわー」

尼さんがフォローしてくれる。

なるほど。そういえばスキルに魔力感知ってあった気がする。

次の患者が入ってくる。添え木を外すと、手がぷらぷらしている。骨折か。患者は青い顔して脂汗を流している。神父さんが手をそえて回復魔法をかけていく。少しすると患者の人が自力で腕を動かしている。どうやら治ったようだ。

「まだ治ったばかりだから二、三日はあんまり動かさないように」

うーん、魔力の流れか。よくわからん。目に魔力を集中しようとしてるんだけどうまくいかない。

三人目、今度は尼さんのほうに交代するようだ。患者の足の包帯を外していくと怪我の具合が見えてきた。かなりひどい。ヒザが血でぐちゅぐちゅになっている。

尼さんが手をかざすと傷がゆっくりと消えていき、少しのあとを残して消えた。次も怪我のようだ。腕がすっぱり切れていてまだ血が出ている。

「ほら、あなたこっちにきてちょうだい。はい、ここに座って。手を出して。魔力を集中して。そうそう、いいわよ。もっと集中してー。はい、回復魔法。あらー、やっぱダメねー」

うーん、魔力の集中は結構うまくいってた気がするんだが、最後回復魔法をかけようとしたあたりで魔力が抜けていく感じがした。

これが失敗か……

MPを確認するときっちり減っていた。

「当たり前よ。そんなにすぐに使えるようにはならないわよ」

そうアンジェラ先生が言う。

尼さんが目の前で回復魔法をかけると、傷がすーっと消えていく。すごいな回復魔法。

「いけそうな気がしたのよー」

「よし、見学はもうこれくらいでいいね。続きはこっちでやろう」

治療室を出てすぐ隣の小部屋に移動し、向かい合って椅子に座る。

綺麗《きれい》な女の子と個室で二人きりとかどきどきするな。まあすぐ隣が治療室なんだけど。

「さて、これから本格的に回復魔法を教えるわけだけど、二週間くらいかけてゆっくりやるか、二、三日でがんばって覚えるかどっちがいい？」

「じゃあ二、三日のほうで」

「うん。マサルならそう言ってくれると思ったよ。魔力はどの程度残ってる？」

ＭＰを確認すると42あった。数字言ってもわからんよな、きっと。

「さっきの爆破を一回とあとは小さい魔法何回かくらいですね」

「十分ね。手を出して」

アンジェラ先生が手を差し出して言ったのでぽんと手をおく。お手の体勢だ。

「逆よ。手のひらを上に」

言われるままに手をひっくり返す。手をにぎにぎされて、アンジェラ先生の手はあったかくて気持ちいいなーなんてことを考えてたので、手をナイフで刺されるまで反応が遅れた。

「んぎゃあああー！」

「こら、うるさい。そんなに深く刺してない。冒険者ならこれくらい我慢しなさい」

「いきなり何をっ！」

「回復魔法の練習よ。今から回復魔法をかける。よく見てなさいよ」

アンジェラ先生が手をかざすと痛みが徐々に消え、傷が消えた。

「どう？　魔力の流れが見えた？　ふむ、まだ足りないようね」

手はがっちりホールドされている。くそ、この女意外と力が強いぞ!?

「こら動かない。動くと手元がくるって余計に痛いよ？」

そうナイフを構えながらアンジェラが言うので抵抗をやめる。そこに容赦なくナイフが刺さる。

今度は覚悟してたので声は出さない。

「よしよし、よく我慢したね。ではもう一度回復魔法をかける。よく見ておきなさい」

くそ、集中だ、集中しろ、俺。すべての力を魔力を感じることに結集するんだ！

「どう？」

「うーん、何か感じられたような……気がしないでもない」

嘘《うそ》じゃない。魔力が感じられたような気がした。たぶん。

「まあいいか。今度は指をだして。大丈夫、今度は指先にちょっぴり傷をつけるだけだから。痛くしない。先っちょだけだって」

嫌々指を出すと指先をちくりとやられた。

「今度は自分で回復魔法をかけてみなさい」

指先に魔力を集中して……回復魔法発動！

……しなかった。

「魔力は発動してるようね。お茶をいれてくるから一人で練習してて」

何度もやったけどうまくいかない。何が悪いんだろうか。スキルで覚えた魔法はあんなに簡単だったのになー。

アンジェラがお茶を持って戻ってきたのでいただく。

「まあ一日でとか天才でもないと無理だよ。わたしは半年かかったからね」

「半年!?」

「半年でも早いほうだよ。でも回復魔法を使えるようになったあと、水魔法を使えるようになったのは結構すぐだった」

弓とか投擲は一日で覚えたのに、魔法ってそんなに手間がかかるのか。それとも俺の成長速度がチートなのか。

「そもそも火魔法を使えるんでしょ？　魔力の流れもよく見えないとか、どうやって魔法を覚えたの？」

「えーと、なんとなく？」

スキルで覚えました。訓練とかまったくしてません。

「そんなのでよくやっていけるね」

そう言って呆《あき》れられた。

「魔力はどのくらい残ってる？」

「あと五、六回分くらいですかねー」

残りＭＰ20で、回復魔法（失敗）の消費量は3だ。

「さすが冒険者、自分の魔力はきっちり把握してるんだね。指を見せて。うん、もう傷がふさがりかけてるね。手を開いて」

「あの、ぐさっとやる必要あるんですかね、先生。指先にちょっぴりやれば」

「痛くなければ覚えない。短期コースを選んだのは君だよ。さあ、大人しく手を開いて。手首あたりにぶっすりやってもいいんだよ？　さぞかし血がいっぱい出るだろうね」

大人しく手をひらく。容赦なくナイフが刺さる。

くそ、やっぱ痛い。

「集中して。大事なのはイメージよ。傷が治る、傷のない元の健康な体に戻ったことをイメージするんだ」


その日は魔力が切れるまで一度も成功しなかった。気絶こそしなかったが、かなりだるい。

「ほら、お土産」

帰り際に小袋を渡された。

「魔力の回復するお茶だよ。お茶にするか、そのまま食べてもいい。食べたほうが効果は高いよ」

試しにそのまま食ってみたらすごくまずかった。

そりゃお茶の葉だからね！

第10話　戦闘で死んだら労災は降りますか？

寝る前に魔力の指輪をもらっていたのを思い出しつけてみる。

何もついてない、飾り気のないリングだが、銀か白金だろうか、きれいな指輪だった。鑑定がないので効果がわからなかったが、つけると最大MPが倍になった。

さすが神様がくれたアイテムだ。

そのままつけたまま寝ると、起きたときには魔力が全回復していた。どうやらMP＋100パーセントと魔力回復アップの効果のようだ。

こっちにきて初めて、ちょっとだけ伊藤神《いとうしん》に感謝した。


朝一でギルドに向かう。

アンジェラ先生からは午前中は治療があるから午後から来い。午前中は好きにしていいと言われてたので何か依頼を探すことにした。

ギルドに入り、まっすぐ受付のおっちゃんのところに行く。常時隠密を発動するようになってから、声をかけられることが減ってきた。受付カウンターも個別のブースになってて、一度入れば後ろ姿しか見えなくなってる。

おっちゃんに無事回復魔法を教えてもらえることになったことを報告する。

「それはよかった。それで今日も回復魔法の？　ふむ、午前中だけでできる依頼か。じゃあ昨日の森を調査してきてくれないかな。森の中には入らなくていいよ。草原と森の境界あたりを調べて危険なのがいないか見てくるだけでいい。いいかい？　森の中には入らないようにね。何か出てきたら戦おうとは思わないですぐ逃げるんだよ」

見てくるだけで100ゴルドか。おいしいな。ついでに狩りもしていけばいいし。

依頼を受けて即出発する。俺に気がついて声をかけてくるやつもいるが、急いでますのでと言って素早くかわし町の外へ向かう。

今日はいつもの門番がいなかった。休暇なのだろうか。お陰で野ウサギ野ウサギ言われずに、門を抜け町の外へ出る。隠密と忍び足を使い、気配を探りながら草原を移動する。今回は目的地があるので少しペースを早めるが、途中で見つけた野ウサギはきっちりしとめていく。

昨日のオークのいたあたりにつくまでに八匹狩れた。

ゆっくりと森に近寄るが特に何もいない。森の中には小動物のものらしき気配はするが姿は見えない。これで調査完了して帰るのもなんだろうと思ったので森の境界にそって移動していく。森に近いあたりだと野ウサギも出ないようだ。

しばらく進むと何かいた。ゆっくり近寄っていく。

人型だが小さいな。草に隠れて見えづらいが一〇匹くらいはいそうだ。

ゴブリンかな？

身長は一メートルほど。オークより弱いが数が多い。群れで行動する。死体は食べれるが筋っぽくてまずいから売り物にはならない。討伐報酬はあったが安かった気がする。

ちょうど固まってるから爆破で殲滅《せんめつ》できそうだ。

【小爆破】を詠唱しゴブリンの集団に撃ち込む。

大半のゴブリンは吹き飛んで、無事だったやつも混乱してまだこちらに気がついてない。

【火矢】で一匹ずつ仕留めていく。残り三匹くらいなのにまだ逃げる様子はない。頭が悪いんだろうか。

ようやくこちらに気がついて襲い掛かってきたが時すでに遅し。剣を抜く必要もなく火矢だけでゴブリンは全滅した。念のために一匹一匹とどめを刺してまわる。二匹ほどまだ息があった。やっといてよかった。

こういうとき、ゲームだと雑魚でもお金を少しくらい持ってるもんなんだが、こいつは何も持ってなかった。オークはぼろを着て棍棒《こんぼう》を持っていたが、こいつらは素手で服すら着ていない。

一応食べれるそうなので状態がよさそうなのを五匹ほど回収。ギルドカードを見ると一二匹討伐になっていた。

休憩してそろそろ切り上げて町に帰ろうかと考えていると、森からガサガサバキバキ、騒々しい音がこっちに接近してきた。気配察知の範囲より遠い。音はまっすぐこっちに向かっている。すばやく立ち上がり森から離れ草むらに伏せて気配を絶つ。

「ブヒー」

馬鹿でかい猪《いのしし》が出てきた。二本の立派な牙《きば》と黒い剛毛、サイズは小型トラックくらいあるだろうか。ふごふご言いながらゴブリンの死体を漁り始めた。

「うわあ、頭からぼりぼりいってるよ……」

オーク肉やらを食うのは慣れたが、さすがにそのままかじるのを見るのは少々グロテスクだ。

大猪が二匹目を食べ始めたのを見ながらゆっくりと後ずさる。

ここは撤退の一手だ。

パキッ。

枯れ木を踏んでしまう。

こっちを見る大猪。あ、目があった。やべえ。

大猪が地響きを立てて突っ込んできた！

向かってくる大猪に【火槍】を発射する。命中するが毛皮が焦げたくらいでダメージを受けた様子はない。もう魔法を撃つ余裕はない。剣を構え必死に避ける。でかいだけあって方向転換はあまり得意ではないようだ。

【小爆破】の詠唱にかかる。

大猪はゆっくり方向転換をすると再びこちらに突進してきた。

やばい、詠唱が間に合わん。

詠唱を中断して突進をかわそうとするが、避けきれず吹き飛ばされる。とっさに大猪の体に剣をつきたてるのに成功したが、刺さったまま持っていかれてしまった。

軽く飛ばされただけなのでダメージはあまりない。すぐに立ち上がり、アイテムから武具屋で買った細身の鉄の剣を出すが、こんなか細い剣じゃどうにもなりそうにない。

くそ、どうする？

威力のある魔法は詠唱時間がかかりすぎる。火槍程度じゃ倒せない。あの突進をかわし続けて剣でダメージを与えて……せめて動きを止める魔法でもあれば。

いや、足止めならいけるんじゃないか？

【火槍】を詠唱する。大猪はこちらに向かって突進を始めている。狙《ねら》うのは足だ。

発射！　火槍は大猪の前足に命中する。大猪は体勢を崩して俺のすぐ手前で止まった。

すばやく距離を取る。大猪は立ち上がりこちらに向かおうとするが足のダメージのせいで歩くような速度しか出ない。

再び【火槍】を大猪に撃ち込む。

もう一本の前足も奪われ大猪はほとんど身動きが取れなくなった。

ゆっくりと【小爆破】の詠唱をする。

ぶぎーぶぎーと怒りの叫びをあげる大猪の頭に、小爆破をぶつける。頭がはじけとび大猪が倒れ、レベルが一つ上がった。

周りを見回しもう何もでないことを確認し、大猪をそのままアイテムに収納。急いで森から離れ町に向かう。

今回は危なかった。一つ間違えたら死んでた。

怪我したり死んだりしたら労災は降りるんだろうか。果たして俺は正社員なのかパートなのか。日誌で伊藤神に聞いたら答えてくれるだろうか。

その日の日誌に質問を書き込んでおくと、次の日には返事が来ていた。

『二〇年の期間従業員という扱いになります。怪我は保障しません。日本に戻るときに治しますから。死んだ場合、労災を認定し遺族に六〇〇〇万円を支給します（月給二五万円×二〇年分）。受け取る遺族を指定しておいてください。伊藤』

受け取りは母親にしておいた。

第11話　風呂上がりの金髪美人と小部屋で二人きりで

町に戻るともうお昼頃だった。まずはギルドに報告に行く。

受付のおっちゃんに怒られた。

「探るだけでいいって言ったのに。無茶したらダメだよ」

「向こうが襲い掛かってくるんですよね……」

「そりゃそうだけど。魔法使いなんだからさ。空を飛んだりできないのかい？」

「箒《ほうき》とかで？」

「箒？　箒は知らないけど、レヴィテーションなら魔法使いは大抵使えたと思ったけど」

そんなのがあるのか。

「いやー、覚える機会がなくって。回復魔法覚えたら次はそこらへんも考えてみますよ」

ゴブリンの討伐報酬が一匹10ゴルドで一二匹１２０ゴルド。依頼の報酬１００ゴルドも加えて２２０ゴルドになった。日本円で二万二〇〇〇円。

一日の稼ぎにしたら十分か。

大猪《いのしし》はかなりの値段で売れるそうなのであとで商業ギルドだな。

屋台で昼食を買い、歩きながら食べる。パンに何かの肉を挟んだサンドイッチ。何の肉かは聞かないようにしてる。

美味《おい》しければいいじゃない……

治療院に顔を出すと、アンジェラは孤児院のほうだ教えられたのでそちらへ行く。アンジェラは子供たちとの昼食が終わって、後片付けの最中のようだった。

「ちょっと待ってて。もうすぐ終わるから」

子供たちにまとわりつかれながら庭に出る。

「なあなあ、今日は野ウサギの肉ないのか？　あれすっごいおいしかった！」

「野ウサギ野ウサギ！」

「おう、野ウサギも狩ったぞー。でも今日はもっとすごいのがあるぞ」

「なになに！」

「よしよし、今見せてやる。少し離れてろよ」

アイテムから大猪を取り出す。

とたんにあたりは阿鼻叫喚《あびきょうかん》となった。大騒ぎする男の子たち、泣き出す小さい子、逃げ出す子。へたり込んでお漏らしする子までいた。

あ、やばい。子供には刺激が強すぎたか。

「すげーすげー、何これ！　でっけえええええ」

「これ兄ちゃんが倒したのか!?　兄ちゃんが倒したのか！？」

やはり子供たちは素直でいい。だがこの騒ぎはどうしたもんか。とりあえずは平静を装い、普通に答えておくことにした。

「うむ。手強い相手だった。こいつは大猪。森にいるモンスターだ」

「何の騒ぎ……何これ？」

アンジェラが出てきた。

「大猪。今日の獲物」

「これが大猪……はじめて見たよ。いや、あんた本当に腕のいい冒険者なんだね」

そう言うと周りを見て惨状に気がついたようだ。

てきぱきと指示を出し、泣いてる子やお漏らしした子を回収していく。手際がいい。子供たちも指示には大人しく言うことをきいて動いていく。

「ごめん、子供にはちょっと刺激が強すぎたみたいだ」

「いいよいいよ。どうせ大きくなったらこんな光景はいくらでも目にするんだ。早いうちに現実を見せておくのも悪くないだろう。けど、お詫《わ》びをしたいというならやぶさかではないよ。大猪の肉っておいしいらしいね？」

「あー、解体したら持ってくるよ」

最初から一部お土産にするつもりだったしね。大猪をアイテムに収納する。

「楽しみにしてるよ。とりあえずは今からお風呂にしようか。汚れちゃった子供もいるし。マサル、湯沸かしする魔力は残ってる？」

MP残量は１８０ほど。朝、宿でいれてもらって持ってきた、魔力回復のお茶をちょくちょく飲んだせいか、結構残ってる。

「余裕あるよ」

「じゃあ頼もうかな。マサルも入って行くでしょ？」

孤児院とは独立した建物になっている風呂はそこそこ大きく、浴槽は一〇人くらいなら一度に入れそうだ。近くに井戸があって人力で水を入れ、薪《まき》で沸かす。子供たちがすでにせっせと水を運んでいるので手伝う。

「風呂って久しぶりだな」

そう言うとアンジェラに嫌な顔をされた。

「浄化でちゃんときれいにしてるって」

「それはだめだろう。浄化って表面の汚れをとるだけで、お風呂で洗うほどはきれいにならないんだよ……これだから冒険者って」

「浄化で十分かと思ってた」

「そりゃ旅とかの間とかはそれでもいいけどね。やっぱりきちんとお湯で洗わないと」

こっちに飛ばされてからもう二週間くらいか？

時計で確認すると九月二六日。初日が確か一一日だったから一六日目か。そう考えるとなんかかゆくなってきた。

そろそろ水が溜《た》まってきたのでお湯を沸かすことにする。

コップの水を火魔法で温めたことはあるのでたぶん大丈夫だろう。水の量は結構多いからＭＰ10

くらいだろうか。水に魔力を送り込む。

お風呂から湯気がもわっと湧《わ》き出す。指を入れて温度確認をしてみる。

「あっちいい。熱くしすぎた。水！　水！」

込める魔力が多すぎたようだ。子供と一緒に何往復か水を運んでようやく適温になった。

「いいみたいだね。じゃあ先に入っちゃってよ。はい、これ」

アンジェラに石鹸《せっけん》を渡される。

「しっかり洗ってくるんだよ」

お母さんかよ、アンジェラ先生。

「シスター！　おれたちも石鹸使ってもいい？」

「うーん、いいけど大事に使うんだよ？」

「やったああ！」

「ここらじゃ石鹸って高いの？」

「そこそこね。買えないくらいじゃないんだけど、毎回子供たちに使わせるとあっという間になくなって、使う量も馬鹿にならないのよ」

石鹸ってどうやって作るんだっけ。廃油に草木の灰を混ぜる？　あとは香料か？　でも普通に売ってるみたいだし、作れても意味ないか。

脱衣所で男の子一〇人ほどと素っ裸になりお風呂に入る。お湯をかぶり、まずは体を洗う。日本製の石鹸ほどは泡だたないが、ちゃんときれいにはなるようだ。子供たちは俺が世話を焼くまでもなく、年長組が年少の子の面倒を見て洗い終えた子から湯船につかっていく。
俺も体を洗い終えたので泡を流してから一緒に入る。お風呂はやっぱり気持ちいいな。これから
は定期的に入ることにしよう。
混雑中の脱衣所を抜け庭に出ると、水筒のお茶で喉《のど》を潤す。
ここはイチゴ牛乳が欲しいとこだが、こっちにはないのかなー。
なんか異世界って甘味があんまりないんだよね。砂糖が高いらしく、お菓子は普通に食事するよ
り値段が高い。あー、チョコが食べたい。
庭で涼んでいると子供たちがやってきた。
「兄ちゃん！　剣教えてくれよ、剣！　おれ冒険者になりたいんだよ！」
スキル振りが使えればこんな子供でも戦えるようになるんだろうけど、剣を教えるのってどうや
るんだろう。軍曹殿の訓練はほとんど実戦形式だったたし、子供には無理だろうな。子供たちに向
かってメニュー開けと考えるがやっぱり出ない。
「シスターアンジェラに回復魔法か水魔法を教えてもらわないのか？」
「シスターは一〇歳になるまでダメって言うんだよ。それにシスターじゃ剣は教えられないし」
きいてみると一〇歳までは家事や勉強のみで、魔法や剣を習うのは禁止されてるらしい。一〇歳
から訓練して一四歳になると孤児院を出て行く。冒険者になる子は結構多いそうだ。
一四歳でもう独り立ちか。異世界はなかなか厳しいな。冒険者のほかには兵士になったり商業ギ
ルドや職人ギルドに行って見習いになったり。魔法の才能があれば回復魔法を習ってここに残るこ

ともあるそうだ。

農業はと聞くと、ここら辺の土地は高いし、田舎に行くのは嫌だと不人気だった。この町は王都ほどじゃないけど、結構栄えた都会らしい。

子供たちと話してるとアンジェラがお風呂から出てきた。

湯上がりで髪が濡れて色っぽさ倍増だ。

「さあ、今日も特訓を始めようか」

治療院の一室に移動する。

小部屋に風呂上がりの金髪美人と二人きりでいるのに、一向にエロい雰囲気にならないのはこの美人がナイフを手に持ってるからだろう。今からこいつでぶすっとやられると思うと、すごく嫌な気分になる。

「ほんとうはこんなことはやりたくないんだけど」

などと言いつつ容赦なくナイフを俺の手に突き刺す。痛い。

絶対に嘘《うそ》だ。かけらもためらわないし。

「昨日の復習からね。まずわたしが回復魔法をかけるから、よく見てなさい」

目の前のおっぱいは努めて見ないようにして、手のひらの傷に気持ちを集中する。昨日から魔法を使うたびに魔力の流れに注意するようになって、なんとなく魔力が感じられるようになった気がする。

「なんとなく魔力が見えたような気がする」

「じゃあもう一度だ」

容赦なく手のひらにナイフが刺さる。痛い。何度やっても痛い。

「子供たちの様子を見てくるからそのまま練習してて」

大事なのはイメージ。水をお湯に変えたように、傷を治すのもできるはずだ。魔力を傷に集中するだけじゃなく、傷を治すイメージを心がける。失敗。

アンジェラ先生の回復魔法を思い出しながら、手のひらに魔力を集中して……失敗。

うーん、火魔法とかは簡単なのになあ。

試しに【着火】を使ってみる。消す。【浄化】、【ライト】と魔力の流れをしっかりと感じるようにしながら使ってみる。

【火矢】を発動させてそれを維持する。消す。原理は同じはずだ。使えない道理はない。

再び手のひらに魔力を集中させる。

治れ！　その瞬間、回復魔法が発動したのがわかった。傷が治る。メニューを確認してみると、魔力感知レベル1と回復魔法レベル1が増えていた。


【魔力感知レベル1】

魔力の流れを感じることができる。


【回復魔法レベル1】

①ヒール（小）

呼びに行こうとするとアンジェラが戻ってきた。

どうだと手を見せる。

「おお、成功したのね！　おめでとう！　君ならやれると思ってたよ」

肩をばんばん叩《たた》きながら祝福してくれた。

「じゃあ次の訓練ね。まだ魔力はある？　これから治療院の手伝いをしてもらう」

残量は160ほど。十分にある。

「あらー、もう魔法覚えたの？」

隣の治療室に移動すると尼さんに声をかけられた。

「うん、怪我とか骨折はこっちにまわして」

「助かるわあ。今日も患者が多くて大変だったのよー」

患者が運ばれてくる。足を骨折しているようだ。

「普通の怪我も骨折もやることは同じよ。やってみて」

【ヒール（小）】発動。アンジェラが患者の足をむにむに触る。患者がうめく。

「もう一回。うん。もう一回。うん、これでいい」

三回ヒール（小）をかけてようやく治ったようだ。

「本当に優秀ね。普通は一度成功しても慣れるまでは何度も失敗するものなんだけど」

これもチートなんだろうな。回復魔法レベル1がついたからヒール（小）は無条件で発動する。

「火魔法にはそこそこ自信がありますからね」

それで納得してくれたようだ。次々に患者が送られてくる。

傷の具合によって何度ヒール（小）をかければいいかわかってきた。続けて一〇人ほど診たところで怪我の患者は終わったようだ。

病気の治療をする尼さんを見ながら聞いてみた。

「病気とかはヒールじゃ無理なんですか？」

「病気と解毒はヒールとは少し違うんだよ。解毒は毒を消さないとだめだし、病気はヒールで効果もある場合もあるけど、病気に合わせた治療が必要なの」

次の患者は父親らしき人に抱えられた子供だった。

「風邪をこじらせちゃってるわねー。マサルちゃん、ヒールをお願いできるかしら」

【ヒール（小）】をかける。子供は少し楽になったようだ。

「普通のヒールだと風邪には効果がないけど、体力を回復させることができる」

尼さんがさらに回復魔法をかけている。子供の顔色がよくなってきた。

「あとは何日か寝てればよくなると思うわー。お大事にねー」

父親が礼を言い、子供を連れて出て行った。

「病気と毒を治すのは体内の毒を浄化する感じかしらねー。結構難しいのよ？」

風邪を治す魔法か。現代社会でも風邪の根本的治療法はないのにさすがは魔法だ。

「よくわからない病気にはとりあえずヒールをかけておくといい。体力さえ戻れば大抵持ち直すから。それでだめなら運が悪かったと諦《あきら》めるしかない」

「上級レベルの治癒術師なら大抵の病気を治せるんだけど、ここじゃ無理ねえ」

「腕のいいのは王都に行くか、前線のほうに引き抜かれていくからね」

回復魔法の需要は高そうだ。

もし世界の破滅なんてなかったら回復魔法を最高まで上げて、治癒術師で食っていけそうなんだけどなあ。

その後、もう何人かの治療を手伝って、その日の治療は終わった。

「今日は本当に助かったわー。ねえ、うちの専属にならない？　今ならアンちゃんをつけてもいいわよー」

「な、何を言ってるのよ！　ほら、行こう」

手をつかまれて外に連れ出された。

「まったくあの人は……何かと色恋に結び付けたがるんだから。ごめんね、マサルも迷惑だったでしょ」

正直ちょっとくらっときた。ナイフで人を刺すけど美人だし子供の面倒見もいいし、すごく性格よさそう。保母さんって感じ。結婚したら良妻賢母になりそうだよな。

「迷惑なんて全然。アンジェラさんのほうが迷惑なんじゃ？　美人だしもてるでしょ」

「いや、わたしはその……」

二人で歩いてると子供たちが気がついて走り寄って来て、とたんに騒がしくなった。

なんとなくわかった。こんな環境じゃ、愛だの恋だの育たないよな。

「明日は最後の訓練をする。朝から来てくれ。魔力が尽きるまで治療してもらう」

「たぶん尽きないと思うよ。今日も余裕だったし」

「そうか。楽しみにしておくよ」

そう言ってアンジェラがニヤリと笑う。

いまの最大ＭＰは２９６。一時間に24くらい回復するし、さらにお茶も飲めばそうそう魔力切れなんか起きないと思うんだが。


その考えが甘いとわかるのは次の日の朝だった。

第12話　空を自由に飛びたいな

まだ午後半ばだったが宿に戻り、メニューの確認をする。

スキルリストから、レヴィテーションが使えそうな魔法を探してみるがよくわからない。

空間魔法だろうか？

転送とか便利だろうけど、一つの町をうろうろしてる現状だとそんなに役に立ちそうにない。戦闘から逃げるのに使えるかもしれないけど、使える魔法っていうのは大抵詠唱も長いんだよな。

やっぱ誰かに聞いてみるべきか。

いくつか使えそうなスキルをピックアップする。

高速詠唱、ＭＰ消費減少、魔力増強、ＭＰ回復力アップがどれも５Ｐ。

合わせれば強力そうだが、現状そこまでスキルポイントの余裕はない。高速詠唱だけ取ってもいいが、レベル１でどの程度かわからんのが不安だ。

１０パーセント程度短縮しても今日の戦闘だと役にたたんよな。

火魔法を伸ばすのも違う気がする。火力は足りてるのだ。足りないのは防御力だ。大猪《いのしし》にも小爆破程度の火力で十分だった。

問題はそこに至るまでの過程なんだが……

character status

LV.5 山野マサル　種族｜ヒューマン　職業｜魔法剣士

HP｜208/208　MP｜296/296　スキルポイント｜20P

力	56
体力	58
敏捷	18
器用	22
魔力	41

ギルドランク
E

スキル

剣術レベル4
肉体強化レベル2
スキルリセット
ラズグラドワールド標準語
生活魔法
時計
火魔法レベル3
盾レベル2
回避レベル1
槍術レベル1
格闘術レベル1
体力回復強化
根性
弓術レベル1
投擲術レベル2
隠密レベル2
忍び足レベル2
気配察知レベル2
魔力感知レベル1
回復魔法レベル1

称号

野ウサギハンター
野ウサギと死闘を繰り広げた男

隠密も戦闘が始まったあとだと意味をなさない。防御なら土魔法がそれっぽい。レベル４まで取って14P。回避を４まで取ってみるか。だがこれも使ってみないとわからない。

剣術レベル５であれに勝てるだろうか？　弓をあげるのも考えたが矢が数本刺さったくらいで大猪が止まるとは思えなかった。

一人で考えてると煮詰まってきたな。やっぱ誰かに相談するか。誰かっていっても軍曹殿か受付のおっちゃんくらいなものなんだが。

宿を出て訓練場に行くが軍曹殿はおられず、ギルド内にいるという。ギルドのほうに顔を出すと、軍曹殿と副ギルド長が何やら話し合っていた。

「おお、マサル。いいところに来たな」

そう禿《はげ》に声をかけられる。後ろにティリカちゃんもぼんやりした顔で立っていた。

「なんでしょう。俺、軍曹殿に相談があるんですが」

「それはあとで聞こう。まずはこちらの話を聞いてくれ」

軍曹殿の話ならもちろん聞かねばなるまい。

「三日後に森の奥へ調査隊を出すことにしてな。お前、それに同行しろ」

「わたしがその隊長をすることになってな。貴様にもぜひついて来てもらいたい」

「そうそう。お前荷物持ちをしろ」

言い方ってもんがあるだろうよ、この禿。それにしてもまた荷物持ちの依頼か……

「補給品を担当してくれれば道中がずいぶん楽になる。行程は行きに二日、帰りに二日、調査に一日の合計五日間を予定している」

「お前も知ってると思うが、森がこのところ騒がしい。普段見ないようなのも奥のほうから出てきていてな。一度調べてみようってことになった。なあに、お前は後ろからついて行くだけでいい。戦闘に関してはBランクの手練《てだれ》を用意したからな！」

「そろそろ貴様も草原は卒業して森を経験するのもよかろう。護衛付きで体験できることなど滅多にないぞ」

「はあ、軍曹殿がそう言われるのでしたら」

「そうかそうか！　じゃあ出発は三日後の早朝になる。補給品の用意があるから、お前は明後日の午後にギルドに顔を出してくれ。報酬などの詳しいことは受付で聞いてくれ」

「わかりました」

「受けてくれて感謝する。で、相談事というのは？」

「今日、草原と森の境界あたりで猪と戦闘になったんですが……」

大猪との戦闘と、今日考えたことを説明する。

「そりゃおめー、ソロじゃ限界だってことだよ。一人でなんでもかんでもできるもんじゃねー」

「そうだな。だが土魔法という着眼点は悪くない。攻防のバランスの取れた魔法系統だ。土魔法は無理だが、レヴィテーションを見せてやろう。多少なら使える。訓練場に行こう。ではドレウィンどの、これにて失礼する」

「レヴィテーションは物を持ち上げる魔法だ」

そう言いながら、近くにある木剣を魔法で取り寄せる。

「わたしは本職の魔法使いではないから、体を浮かせるところまでは無理だが、この程度のことはできる」

そう言うと膝《ひざ》を落としジャンプした。五メートルくらい。

二階の屋根くらいの高さに飛び上がり、軽く着地する。さらにこちらに飛んで俺の肩に乗った。重さはほとんど感じられない。肩をとんっと蹴《け》り地面に降りる。

「持続時間は短いし連続使用もできないが、なかなか面白い動きができるだろう？」

今の軍曹殿の動きを頭の中で反芻《はんすう》する。置いてある木剣に向けて魔力を発するが、いきなりうまくいくわけもなく、ぴくりとも動かない。

「物を魔力で掴《つか》む感覚だ」

掴む……掴む。

「最初はもっと軽いもので試すといい。コインとかな」

そう言うと銅貨が目の前に浮かんで止まった。集中すると魔力の流れが感じられる。銅貨にゆっくりと魔力を伸ばし、掴む。

魔力が押し返されるような感覚がし、銅貨がぽとりと落下する。

拾い上げて手のひらに乗せて魔力でぐっと圧力をかける。徐々に魔力を強めるとふいに銅貨が飛び上がった。落ちてくる銅貨を軍曹殿が掴んだ。

「もう習得したか。さすがに本職のメイジは違うな」

アイテムから銅貨を1枚取り出し、今の感覚を忘れないうちにもう一度試す。今度はすぐに浮いた。空中に留まるようにコントロールする。


メニューを確認する。


【コモン魔法】

レヴィテーション

スキルリストにはなかったがどういうことだろうか。

ポイントを消費するまでもない魔法ってことか？

見たあとすぐに習得できたし。レベル表示がないのも謎だ。

「ありがとうございます、軍曹殿。とても参考になりました」

【レヴィテーション】発動。

体を浮かす。使う魔力量が増えるくらいですぐに体が浮く。そのまま体を持ち上げる。二メートルくらいの高さで止まり、アイテムからナイフを取り出し投げる。

だが空中でバランスを崩し、落ちそうになる。ナイフは見事に外れた。今度はバランスも考えながら投げる。的の近くに当たる。

あまりうまくないな。

空中だと力があまりかけられないから投擲《とうてき》に威力がでない。つぎに【火矢】を詠唱しようとして、落っこちた。

「魔法を二つ別々に使うことはできない。二つ同時ならできるが」

「どういうことでしょうか？」

「あくまでも本職じゃないものの知識として聞け。先ほどのようにレヴィテーション中に別の魔法を使おうとするのは無理だ。だが、たとえば風と火を合成して火嵐の魔法のように使うことはできる。火矢にしても火を作り、それを飛ばす二つの魔法を合成してるとも言える」

「二つ別々に使うのは不可能ってことですか？」

「わからん。少なくとも使える魔法使いは知らない。伝説レベルの話だ。知りたければ本でも調べるといい。そろそろ暗くなってきたな。話は終わろう」

「はっ。ご教授ありがとうございます。このあと一緒にお酒などいかがでしょうか。おごります」

「うむ、近くに美味《うま》い酒をだす店がある。飲みながら森のことを色々話してやろう」

第13話　理想と現実

飲みすぎた。起きると二日酔いだった。

【ヒール（小）】をかけてみる。

違うな、これじゃ治らない。

なんて言ってたっけ。体内の毒素を消すのか。体内に残っているアルコール分を飛ばす。魔力を体内に巡らせ回復魔法を発動。うむ。痛みが消えた。

やっと頭がすっきりしてきた。アイテムから水を取り出し飲む。

今日の予定を考える。まず治療院に行って訓練。終わったら商業ギルドに行って大猪《いのしし》を売る。売ったお金で防具を新調する。

結構忙しい。二日後には調査隊も控えているし、日本にいた頃には考えられない忙しさだ。

あの漫画の続きはどうなっただろうか。もう二週分読んでない。あのアニメも途中だ。ネットもしたい。某掲示板に書き込みしたい……

ああ、いかん。考えると鬱《うつ》になってきた。

やめやめ。アンジェラちゃんに会いに行こう。

治療院に着くと人だかりができていた。何かあったんだろうか。裏口に回り中に入るとアンジェラたちが待っていた。

「遅いよマサル」

「外、人がいっぱいでしたが何かあったんですか？」

「あれね。マサルのために特別に集めた練習台たち。存分に回復魔法をかけてやって欲しい」

改めて様子を見る。

待合室はすでに人でいっぱいで、外にまで行列が続いてる。

「昨日のうちに子供たちに宣伝してもらってね。魔力が切れるまでの先着順で無料って言ったら来るわ来るわ」

「ほんとびっくりしたわよー。さすがにこんなには無理よねえ。少し帰ってもらう？」

「いえ、やります。少し待ってください。覚悟を決めますので……」

スキルリストを開く。

まずはMP消費量減少を取る。レベル1で10パーセント、レベル2にして20パーセントで7P消費。MP回復力アップレベル1で50パーセント、レベル2で100パーセントの増加。これで7Pで残り6P。

あれ？　回復魔法が知らない間にレベル2になってる？

いつのまに……とりあえず回復魔法をレベル3に上げる。残り3PをさらにMP消費量減少にいれる。これで使い切った。

【MP消費量減少レベル3】

MPの消費量を30パーセント減らす。

【MP回復力アップレベル2】

MPの回復力を100パーセント増加。


【回復魔法レベル3】
①ヒール（小）　②ヒール　解毒　③リジェネーション　病気治癒

総力戦だ！

出し惜しみはしない。

「準備できました。順番に通してください」

まず入ったのは腰の曲がったしわくちゃのお婆さんだった。

「腰が痛くてのう。朝一から並んどったんじゃ。ただで治してくれるちゅうて、ありがたやありがたや」

どうすんのこれ……病気じゃなくて老化現象だろ。

わからないときはまず【ヒール】ついでに【解毒】と【病気治癒】もかけておく。

「おおおおおお、腰が！　腰が治ったわあああ。ありがたやありがたや」

腰を伸ばしてまっすぐ出て行った。アンジェラにお茶を渡されたので飲む。

「あんな感じでよかったの？」

「いいんじゃない？　すごく喜んでたし」

序盤はジジババ連中らしい。

連れ立って暗いうちからやってきて先頭を確保してたんだそうだ。

ＭＰをチェックする。今ので７消費だが、すでに２ほど回復してるようだ。計算では２分で１ＭＰ回復の計算だが、お茶の効果だろうか。思ったより早い。

次のじじばばが入ってくる。同じように【ヒール】【解毒】【病気治癒】かけると「体が軽い！」と言って喜んで出て行った。

どんどん人を入れていく。残りＭＰ２３０。思ったより減るペースが早い。

アンジェラからお茶を渡される。飲もうとして気がついた。なんかどろりとしてるけど。

「何これ？」

「マギ茶（魔法回復茶）の濃縮液よ。さあ、ぐっと飲んで！」

思い切って飲む。

どろりとして苦い。とんでもなくまずい。急いで普通のお茶で流し込む。

「すっげえまずい……」

「でもよく効くでしょ。どうしてもってときの最終兵器なんだよ」

「ＭＰポーションは？」

「あれは高いからね……ほら、次の患者が待ってるよ」

ジジババが減らない。

心を無にして回復魔法をかけていく。

濃縮マギ茶を飲む。

「あれ？　次は？」

患者の波が途絶えた。待合室を覗《のぞ》くと誰もいない。

終わった？　いや、そんなはずはない。

「なんか人がどんどん増えちゃってね。道にもあふれてどうしようもなくなったから、神殿のほうに移ってもらったんだよ。あそこのホールは広いから」

見に行くと神殿は人であふれてた。ホールの一番奥。でかい中央の神像の前に机やら台やらがセットしてあった。みんなから丸見えである。

あそこで治療すんのか？　くらくらしてきた。

「ちょっと無理。あんなに人がいっぱい……」

「そうねえ。ついたてでも立てましょうか？」

尼さんが準備してくると言ってどっかにいった。

「俺目立つの苦手なんだよ！　もう吐きそうになってきたよ！」

「あ、ちょっと待ってね。いいものがあるよ」

アンジェラも、取ってくる！　と言ってどこかに行った。俺は神殿ホールの脇で一人震えていた。

急にメニューが開く。

【緊急クエスト　全力で治療せよ！】
力の限り治療せよ！　撤退は許されない。報酬スキルポイント10
クエストを受けますか？　YES／NO

尼さんがついたてを準備している。アンジェラも戻ってきた。

「ほら、これ」

帽子と仮面、ゆったりとした白いローブ。それらをアンジェラにつけてもらう。

「うんうん、帽子とローブは司祭様のだけどなかなか似合ってるじゃない。仮面もしておけば中が誰だがわからないよ。ほら、あっちも準備できたみたいだよ」

クエストが点滅している。ＮＯを選択した。

力の限りやっても無理なものは無理だ！

嫌がる俺を尼さんとアンジェラは、連行されるリトルグレイのようについたての向こうに連れていった。

あああ、アンジェラのおっぱいがあたってるよ！　ちょっと嬉《うれ》しい！

「さあそろそろ人をいれるからね。がんばりなさい」

最初の患者が入ってくる。指に包帯を巻いている。単なる骨折だったのでさくっと【ヒール】を

かける。

次の患者は喉《のど》が痛いという。口をあけて喉をみてみれば扁桃腺《へんとうせん》が腫れている。風邪のひき始めか？　【ヒール】と【病気治癒】をかける。合間合間にお茶を飲む。残りMP150。

患者が次々にやってくるのに淡々とヒールをかけていく。

おおむね軽症か、持病の類《たぐい》だ。持病などヒール一発で治るはずもないんだが、症状は軽くなるみたいなのでそれで満足して帰っていく。

包丁で指を切ったというおばちゃんが来たときはイラっときたが、黙ってヒール（小）をかけて帰ってもらった。

「小さな怪我でも回復魔法かけてもらうとなったら、それなりにお金がかかるからね。普段は自然治癒で治すような人がいっぱい来てるんだよ」

かすり傷ごときで貴重なMPを消費させられるほうはたまらんが。

「何事も経験だよ、経験」

数人何事もなく治療したあと、男の人に抱っこされた小さな子供がやってきた。えらく具合が悪そうだ。診察台に寝かせて様子を見る。

「ここ数日、咳《せき》がひどくてだんだん……」

なぜこんなになるまで放っておいたのかは聞かなかった。

父親も子供もずいぶんと貧しい身なりをしていたからだ。

子供は痩《や》せこけている。栄養状態も悪いんだろう。ヒールと病気治癒をかけ、アイテムから野ウサギの肉を取り出し、包んで渡す。

「他の人には内緒ですよ？　お子さんに食べさせてあげてください」

男の人はぺこぺこ頭を下げて出て行った。

「なあ……」

「言いたいこともわかるよ。でも全員救うことなんて神様でもなければ無理なんだよ。うちはかなり格安でやってるんだけど、それでも治療を受けるお金はないって人はたくさんいる。マサルが気に病むことはないよ」

「じゃあ、せめて具合の悪そうな人は優先して連れて来るようにしてくれ」

「わかった」

そこからは具合の悪い人が何人も運ばれてきた。自力で歩けないような人ばかりだ。

状態がひどい場合、ヒールを何度もかけないといけないし、それでも治らないほど重篤な人もいた。無理ですと告げてもこちらを責めるようことはなかった。最後に治癒術師様に回復魔法をかけていただいてよかったと喜ぶ始末だ。何度回復魔法をかけてもまったく具合のよくならない患者とか、相手をさせられるこっちが災難である。

医者でもなんでもない、魔法を覚えたての素人にやらせるようなことじゃないだろう……

濃縮マギ茶も我慢して飲んだがみるみるＭＰが減っていく。アンジェラや神父さんたちも協力してくれたが焼け石に水だ。

ついにＭＰが尽きた。眠くてだるい。

「魔力が切れた」

神殿ホールの入り口は閉鎖して人はもう入れないようにしてあったが、まだ半分以上人が残っている。

「具合の悪い人だけ残してあとは帰してくれないか。その人たちだけは休憩してからみるよ」

「別に無理してみる必要はないんだよ？　みんなには魔力が尽きたら終わりだってちゃんと言ってあるからね」

「大丈夫。無理はしてないよ」

来る人来る人、みるからに貧乏で、痩せこけて、すがるような目でこちらを見てくるのだ。それを追い返せるほど俺の心臓は強くない。

ホールにいた人たちは特に不満を口にすることなく解散していった。

もとより無料での治療など奇跡のようなもの。途中からは具合の悪い人が優先されたのを見ていたが、ここにいるもののほとんどは似たような境遇のものたちばかり。

明日は我が身である。

食欲はなかったので野菜の入ったスープだけもらって食事を済ませた。

「なあ、なんであんなのがたくさんいるんだ？」

「そりゃあ貧乏でお金がないから治療を受けられないんだよ」

「治療してやったらダメなのか？」

「だめだね。治癒術師は数が足りない。あそこにいる人を全部治したとしても、別のところの病人が困るだけよ。マサルもうちがかつかつでやっているのを見てるでしょ。無理して魔力を使い切るまでやると確実に寿命が縮むよ」

「もっと回復魔法の使い手を増やせばいいんじゃないか？」

「魔法使い自体、数が少ないし、そのなかで回復魔法の適性があるのはもっと少ないんだよ。ヒールくらいなら使える人はそこそこいるけど、上位の回復魔法までとなるとね」

レベル4、5まで回復魔法を上げたらもっと救える人が増えたんだろうか。

「増やす努力はしているよ。だけど優秀なのは前線に送られるんだ。こんな平和な町よりもよっぽど必要だからね」

「前線？」

「ここだとゴルバス砦《とりで》が近い。あそこが抜かれたらここも危ないから、人が欲しいって言われたら断れないし」

どこかと戦っているのか。

「そんなにやばいの？」

「心配することはないよ。あそこはがっちがちの要塞《ようさい》だからね。モンスター風情には落とせないよ」

伊藤神《いとうしん》の言ったことが思い出される。

二〇年以内にこの世界は滅亡する。その要塞も落ちるってことだろう。この町も全然安全じゃない。伊藤神は好きにしろと言ったが、こんな前線近くに配置するとかやらせる気まんまんじゃねーか……伊藤神め。

濃縮マギ茶はMP回復にとてもよく効く。苦くてまずいけど。しかもどろりとしているのだ。喉越しは最悪である。

「子供たちに作ってもらってるからどんどん飲んで」

ありがたいことである。まずいけど。まずいけど！

だがそうでもしないとMPがかつかつだ。

休憩後の治療も困難を極めた。

そんな今にも死にそうな子供とか連れてくんなっつーの！

MPを使い果たしても助けられればそれでもいい。だが二人ほどは匙《さじ》を投げるしかなかった。アンジェラたちも黙って首を振る。

泣きそうである。たぶん泣いていた。

仮面をしていてよかった……

午後半ばくらいでようやくホールの患者はいなくなった。

「今の人で最後だよ」

「うん」

そうか。やっと終わったのか。だるくて眠い……

「大丈夫、マサル？」

アンジェラが心配そうにぐったりと椅子に座り込んだ俺を覗《のぞ》きこんだ。

「眠い」

「魔力切れだね。よくここまでもったよ」

息苦しいマスクを外す。頭の中がぐるぐるする。

俺は医者じゃないのに。なんであんな重病人の治療とか……あ、だめだ。また泣きそうだ。

「本当に大丈夫？」

「うん、平気だよ」

全然平気じゃない。

「気にしないほうがいいよ。あんなの誰にもどうにもできないんだし」

「そうだよな」

こういうのは医者とかに任せるものなんだ。少なくともニートだった俺の役目じゃない。

「普通はもっと慣れてからああいうのはやるんだけど……」

ああ。俺が具合の悪い人を優先しろって言っちゃったからか。自業自得ってものだな。

「回復魔法を覚えたばかりでよくやったよ、本当に」

「そうだよな」

俺は今日、超がんばった。

しかもこれ無給じゃないのか？　むしろ俺がお金払ってる気がするぞ。

うん。そう考えると少し腹立たしくもあるし、気に病む必要もないって思えてきた。

「そうだよ。立てる？　しばらく休んでいく？　なんなら今日は泊まっていってもいいよ」

「帰るよ」

さっさと宿に帰って今日のことは忘れよう。俺は医者には向いてない。野ウサギハンターだし、野ウサギを狩るのが仕事なんだ。

送って行くよというアンジェラの申し出は断った。俺はふらふらになりながら宿に戻り、その日は泥のように眠った。


翌朝、メニューで確認すると、魔力とＭＰが少しだけ上がってた。

character status

LV.5

山野マサル 種族｜ヒューマン 職業｜魔法剣士

HP｜208/208 MP｜302/302 スキルポイント｜0P

力	56
体力	58
敏捷	18
器用	22
魔力	43

ギルドランク
E

スキル

剣術レベル4
肉体強化レベル2
スキルリセット
ラズグラドワールド標準語
生活魔法
時計
火魔法レベル3
盾レベル2
回避レベル1
槍術レベル1
格闘術レベル1
体力回復強化
根性
弓術レベル1
投擲術レベル2
隠密レベル2
忍び足レベル2
気配察知レベル2
魔力感知レベル1
回復魔法レベル3
コモン魔法
MP消費量減少レベル3
MP回復力アップレベル2

称号

野ウサギハンター
野ウサギと死闘を繰り広げた男

第14話　大猪《いのしし》の値段は一匹四〇五万円

翌日、寝ていたかったがそういうわけにもいかない。明日には調査隊が出発するため、準備も色々とある。まずは商業ギルドに向かい、大猪の売却だ。

受付で大猪を売りたいと言うと奥の個室に通された。アイテムから大猪を取り出す。

「おおおおお、これは！」

「こんな立派なのは久しぶりに見ますな」

「それに損傷も少ない。いい毛皮が取れますぞ」

「牙《きば》が一本折れてるのが残念ですな」「頭が吹き飛んでるのは減点ですぞ。脳みそがうま……」

などと三人で大猪の状態をチェックしていく。

「これを全部売ってくださるということでよろしいですか？」

「ええと、肉を自分用に少し欲しいです。あとは売るということで」

「かしこまりました。では解体後、査定を行いますので少しお待ちください」

「見学しててもいいですか？」

解体は見たことがないので一度見学したかったのだ。

「もちろんですとも」

大猪を横倒しにし、腹を裂く。内臓を取り出す。数人がかりで皮を剥《は》いでいく。大男たちが力をこめ、全身血だらけになりながら進めていく。実際の作業を見てみて、アイテム収納がどれだけチートかよくわかった。

三〇分ほどかけて作業が終わった。

肩の部分の肉と、後ろ足の骨付き肉をもらった。肩が二〇キロくらい、足が五〇キロはあるだろうか。それでもほんの一部分である。

肝（レバー）の部分がおいしいというので生のまま味見をしてみた。塩のみ振りかける。うまい！　気にいったので肝も半分もらう。アイテムに入れておけば新鮮なままなので、大事に食べることにしよう。

毛皮も少しもらっておいた。火槍が当たって焼け焦げてる部分である。

マントにすれば温かいし、この毛皮、魔法も多少は防いでくれるそうだ。なめすのに時間がかかるから引き渡しは後日になる。

毛皮のサイズと肉の重さを量って金額が査定された。相場も知らないのでそのままサインしてお金をもらう。４０５００ゴルドになった。日本円で四〇五万円である。

内訳は、肉が約一五〇〇キロ、一〇〇グラムが卸し値で一五〇円、ちなみに販売価格は三〇〇円ほど。これで二二五万円。毛皮も高級品で、切り取ってもらった焦げた部分だけでも一〇万円はするそうで、これに牙やら骨、脂肪など使える部分も合わせて一八〇万円。合計四〇五万円となる。

かなりな収入ではあるが、普通このクラスの獲物はソロではやらない。五人でやったとして、八一万円。怪我人や死人も出るとなるとそれなりに妥当な報酬ではないだろうか。

だがいきなり金持ちになった。

ゴルドを確認すると４２１０９ゴルド。贅沢《ぜいたく》しなければ30ゴルドで一日暮らせるから一四〇〇日は過ごせる計算である。

四年近く引き篭《こ》もれるよ、やったね！

次は買い物である。懐が温かいのでいい装備が買えそうだ。ギルド二軒隣のいつものお店に向かう。そしていつもの店員さんが出迎えてくれる。

「これはこれはようこそいらっしゃいました、マサル様。本日はどのようなご用件で」

弓や投げナイフもここで買ったし、何度か冷やかしに見にきてるからすっかり常連さんだ。

「剣と防具を新しくしたい。ちょっと臨時収入があったんでね」

「それはそれは。ではこちらのブロードソードなどいかがでしょう」

そう言って剣を手渡される。

以前持たせてもらった時は重くて扱えなかったんだが、今は難なく片手で振れる。刀身は一メートル近く。幅広で丈夫そうだし、切れ味もよさそうだ。

「悪くないな。これいくら？」

「１５００ゴルドとなっております」

一五万か。結構安いな。

まあ今までの買い物をみたら、臨時収入があったっていっても、見せられるのはこんなもんなんだろうな。

「もっといいものがみたい」

「ではこちらなどいかがでしょうか」

同じようなサイズの剣を渡される。

刀身は黒く光っておりとても美しい。

「黒鉄鋼製となっておりまして価格は５０００ゴルドでございます」

五〇万か。手頃な値段だな。びゅんびゅん振ってみる。さっきのより重くずっしりとしているが、手になじむ。いいなこれ。これなら大猪でも相手にできそうな気がする。

「いいな。これをもらう。次は防具を見せてくれ」

「これなどいかがでしょうか」

そう言って金属製の鎧《よろい》を見せられる。

店員さんに手伝ってもらってつけてみるが、歩くたびにがちゃがちゃ音がする。

「重さは問題ないが、こんなにうるさいんじゃダメだ」

「こちらなどいかがでしょうか。トロールの皮を二枚張り合わせたもので、防御力は申し分ございません」

赤黒い皮の防具を渡される。二枚あわせてあるだけあって少し重いが、金属製のものほどではない。

テスト用のトロール皮の的で試してみると、投げナイフ程度だと刃が通らない。かなり頑丈なようだ。

他にもいくつか見せてもらったが結局これに決めた。合うサイズのものがなかったのである。皮ならある程度調整がきくが、他のものだとサイズ調整で数日かかるとのことだった。

ヘルムは防御力重視の地味なのを選んでおいた。

盾も同サイズの防御力の高いものに変えておく。ついでに槍も仕入れておいた。せっかくスキル持ってるんだからね。

合計９５００ゴルド。お金はあるんだからもっといいものを買ってもよかったけど、根が貧乏性なんだろう。ニート生活長かったし。

全部身につけて、調整してもらう。

黒鉄鋼のブロードソードは、腰だと邪魔になったので背中に担ぐことにした。腰のショートソードはそのままにしておいた。少し重くなったが移動にはなんの問題もなさそうだ。会計を済ませ、買ったものをアイテムに収納する。普段は腰の剣だけで、普通の服を着ている。防具をつけるのは外に出るときだけである。

続いて商店をいくつか巡って買い物をしていく。

【キャンプセット】はテントに寝袋。食器に鍋に、コップに水筒と最低限しか入ってない。他にも揃《そろ》える必要があるだろう。毛布に雨具（皮製のポンチョのようなもの）、着替えをいくつか。

調理器具もフライパンと大きめの鍋など仕入れておく。

それに食料。肉に野菜に果物に乾燥パスタ、調味料、パン、持ち帰りの弁当などを買って、そのままアイテムに入れておく。完全保存、いつでも買ったときのままのほっかほかのお弁当である。

アイテム収納便利すぎる。


必要なものは揃ったし、まだ午前中だったが、冒険者ギルドに行く。

物資はもう揃えられていた。水の樽《たる》いくつかに、山盛りの食料品である。

「食料はともかく、水はこんなにいりますかね？　魔法で作れますよ」

「アイテムボックスに入らねーか？」

今日はドレウィン一人である。ティリカちゃんの姿が見れなくて残念だ。

「いえ、余裕はありますけど」

「何があるかわからんからな。魔力を温存したいからできるだけ持って行きたい」

水と食料をアイテムに収納していく。

アイテムには１００種類、各99個まで入る。サイズは関係ないし、同種はまとめられる。

ごつい水樽×5でも1個、拾った小石でも1個の扱いだが、たとえば箱にまとめておけば、食料の詰まった木箱×10と1個の扱いになるので収納量には困らない。

現状、半分も使ってないので余裕はたっぷりである。

「おお全部入ったか。無理だったら担いで行かないとと思ってたところだ！」

「まだまだ余裕ありますよ」

実際、食料と水で二枠しか取ってない。

「がはは、頼もしいな！　じゃあ明日はがんばれよ！　森の中ではヴォークト軍曹と離れないようにしとけ。やつについていけば安心だからな！」

肩をばんばんと叩《たた》き、そう言い残すと禿《はげ》はどっかにいった。


ギルドを出る。

今日はギルド内で誰にも声をかけられていない。装備を変えたせいかと思ったが隠密のレベルが3に上がっていた。やはり常時使いまくっていたせいだろうか。外を歩くときはもちろん、食堂での食事中も必ず発動する。

夕食時など油断すると酔っ払いに絡まれるから必須だ。

道の端のほうをゆっくりと歩く。町中では忍び足も使わない。道の端もあまり端じゃないところを何気なく歩く。町中で忍び足を使って、道の端ばかり選んでこそこそ歩くのはただの変な人である。普通に、一般人ですよーという顔で周囲に溶け込むのがこつである。


治療院は昨日の騒ぎが嘘《うそ》のようにいつもどおりだった。

孤児院を覗《のぞ》くと尼さんが食堂で子供たちに授業をしていた。そういえば、アンジェラは午前は治療院担当だっけ。尼さんと交代でやってるんだな。尼さんが黒板にチョークで文字を書いている。子供たちは大人しく授業を聞いている。邪魔をしないようこっそり離れ、治療院の裏手から中に入る。

ちょうど休憩中のアンジェラがいた。

「よかった。元気そうだね」

「一晩寝たらすっきりした」

「そう。昨日はひどい顔してたからね」

「この前の大猪の肉を持ってきたよ。孤児院行ったら授業してたからこっちに来た」

「そろそろお昼の準備を始めるはずだから、もう少し待っててね」

「じゃあこっち手伝おうか？」

「それは助かるよ」


アンジェラについて診察室に行くと神父さんが一人で治療中だった。

「マサルが手伝ってくれるそうです。司祭様は今日はもうあがってください」

「そうですか。ならそうさせてもらいます。ではマサル殿、頼みましたぞ」

「お任せください」


「司祭様って言ってたけど、あの人偉いの？」

「うん。ここの院長。一番偉い人だよ」

話してると次の患者が入ってきた。軽い怪我だったのでヒールを一回かけて治療完了。

「昨日のあれ。顔隠してたから大丈夫だよね？」

「大丈夫、大丈夫。修行中の旅の神父さまって説明しといた」

なんか適当だな。そんなんで大丈夫なのか。

次の患者が担架で運ばれてきた。ぎっくり腰だそうだ。これもヒールをかけて終わり。

「二、三日は大人しくしとくように。お大事に」

「今日も無料でやれとか言ってくるやつとかいないの？」

「神殿に喧嘩《けんか》売るような人はいないよ。司祭様とか元神殿騎士ですごく強いし」

「普通のおじさんにしか見えない」

「もう引退してずいぶんらしいからね。シスターマチルダに聞いたんだけど、昔は鬼のように恐ろしかったらしいよ」

マチルダってあの尼さんのほうか。名前が初めて判明したな。

次の患者が入ってくる。子供か。病気かな？　うんうん唸《うな》っている。

【ヒール】と【病気治癒】をかける。少し楽になったようだが、まだまだ苦しそうだ。昨日のことを思い出して嫌な汗をかく。もう一度、【ヒール】と【病気治癒】。

今度は大丈夫のようだ。子供の呼吸が静かになった。

「手際がいいね。とても二、三日前に回復魔法を覚えたとは思えないよ」

「先生がよかったから」

「いやいや、二日しか教えてないから。もう私と腕はそんなに変わらないんじゃない？　ほんと、うちの専属になって欲しいくらいだよ」

「専属になったらアンちゃんがついてくる？」

「な、あ、あれはシスターマチルダの冗談だ！　真に受けるな。あとアンちゃん言うな」

「ごめんなさい。アンジェラ先生」

リア充っぽい空気だったんで思わず言ってしまったが、こんな美人が相手してくれるわけないよなー。

「マサルはお付き合いしてる人とかいないの？」

「はっはっは。自慢じゃないが、モテたことなど一度もない」

「そうなの？　魔法の腕はいいし、見た目も悪くないと思うけど……」

日本に居たときは魔法なんか使えなかったしなー。いや、それよりも見た目が悪くない？　うーん。でも評価としては微妙な気がするな。

「魔法が使えたらモテるの？」

そうだよ。顔より魔法だ。

野郎の冒険者にはモテモテになったけど、これってもしかして女性にもモテるのか!?

「それはモテるね。マサルは特に回復魔法を覚えただろ？　将来安泰だよ」

将来……でも治療師やってて二〇年経ったら滅亡じゃ困るよなあ。伊藤神《いとうしん》も町に引き篭もるのはオススメしないって言ってたし。

次の患者さんを治療しながら考える。

世界の滅亡ってなんだろう？

魔王とか魔物が攻めてくる？

巨大隕石《いんせき》落下？

伝染病の蔓延《まんえん》？

どのケースにしても俺の力でどうこうできるとは思えない。伊藤神は俺が世界を救うことに少し言及してた気もするけど、具体的な情報が何もないから判断のしようもない。

それにここまで接した人たちの様子を見ると、今にも滅びそうな感じは全然伝わってこないんだよな。世界の破滅が近いですか？　なんて聞くわけにもいかないし。

まあ二〇年もあるからこれからの話なんだろうし、時間の余裕はたっぷりある。焦ることはない。ゆっくり対策を練ればいいんだ。

とりあえずは目の前のことだ。

もっとレベルを上げて、スキルをとって強くならないと。世界を救うとか壮大な話は現実味がないが、野ウサギとか大猪に殺されそうになっているようだと話にもならない。

また次の患者さんが入ってきた。今度はお婆さんか。なんかアンジェラちゃんに具合の悪さを説明してるが、割と元気そうに見えたので「回復魔法かけますねー」と言ってヒール（小）をかけると満足して出ていった。

「今ので終わりだって。片付けてから行くから、先に孤児院のほうに行っててくれる？　手伝ってくれたお礼にお昼食べていきなよ」

孤児院に行くと子供たちがまとわりついてきた。

子供たちを掻《か》き分けてシスターマチルダのところへ向かう。シスターは大きい子たち数人を指揮して料理をしていた。四〇人分である。大変そうだ。

「あらー、マサルちゃんいらっしゃい。アンちゃんなら治療院のほうよ？」

「こんにちは、シスターマチルダ。いまアンジェラさんのお手伝いをしてたんです。それで終わったから先にこっちのほうに。アンジェラさんもあっちを片付けたらすぐ来るそうです」

「あらあら。悪いわねー。ちょっとうるさいけど自由にしててちょうだい」

うるさいなんてとんでもない。子供たちはシスターと話しだすとすぐ、邪魔しないように離れてくれている。訓練されすぎ。

「それでこの前大猪を狩ってきたんですが、解体できたのでお肉のおすそ分けを持ってきました」

机の上に木箱に入った大猪の肉二〇キロをどんと置く。

「あらー、すごいわねー。子供たちが喜ぶわー。ほら、あなたたち。お兄さんにお礼を言いなさい」

子供たちがわらわらと集まってくる。

「「「お兄ちゃん、ありがとー」」」

練習でもしてるんだろうか。前回同様きっちりハモってる。

「冷蔵庫にしまってきてくれるかしら？　大丈夫？　持てる？」

子供たちが何人か集まってわいわい言いながら運ぶ。

「いい子たちですね。礼儀正しいし」

「そうなのよー。みんなかわいいでしょー」

そんなことを話してるとアンジェラちゃんがやってきた。

「いまね。マサルちゃんがね。こーんな大きなお肉をくれたのよ」

こーんな、と両手を広げるシスター。

「いやいや、そんなに大きくはないから」

「あら？　見たかったわね。もう冷蔵庫？」

そう言うと行ってしまった。

見ていると着々と食事の準備が整えられていく。子供もさらに増えてきたようだ。

アンジェラちゃんが戻ってきた。

「ありがとうマサル。あれだけあれば数日は持つわ。シスターマチルダ。ついでに氷の補充をしておきました。今日はマサルのおかげで魔力に余裕があったんで」

「そうそう。明日から五日ほど町を離れることになりまして。ギルドの依頼で森に行くことになったんです」

「あらー。森って危ないわよー。マサルちゃんで大丈夫なのかしらー」

「二〇人くらいのパーティを組むそうです。隊長は元Aクラスのヴォークト軍曹で、Bクラスの人たちも参加するそうです。俺は荷物持ちでして、後ろからついていくだけでいいと」

「でも気をつけなさいよ。あそこの森はモンスターの棲家《すみか》だから。強い人の側《そば》を離れないようにね？」

なんでみんな、強いやつの側にくっついてろって言うのか。

「アンジェラさん、俺の魔法見たことあるよね？」

「魔法の腕がいいのはわかってるけど、マサル強そうに見えなくて不安なんだよ……」

そりゃあ、ギルドにいる冒険者連中に比べたら見た目よわっちいもんなあ。

「ヴォークト軍曹は護衛付きの森見学ツアーだって言ってましたから。きっと危ないことなんてないですよ」


昼食の準備ができた。

アンジェラちゃんと司祭様。シスターマチルダとシスターと一緒にいた神父様。それに子供たちが約四〇人。小さくはない食堂がいっぱいである。

司祭様が上座に座る以外はみんなばらばらである。自由に座っていいと言われたので適当に座ると、アンジェラちゃんは離れたところに座ってしまった。

献立はスープとパンという質素なものである。適当に子供たちの相手をしてると、すっと静まり返った。司祭様が手をあげている。

「本日もささやかなる食事をこうやって共に囲めることを主に感謝いたしましょう。またそこにおられるわれらが友、ヤマノマサルは明日から森に行くそうです。皆で彼の無事を祈ろうではありませんか」

そう言うと目を閉じる。周りをみるとみんな同じようにしている。

お祈りは数秒で終わり……

「ではいただきましょう」

「「「いただきます」」」

食事は普通だった。

小さな子供もいるので静かにとはいかなかったが、みんなお行儀よく食べていた。

スープは肉と野菜がたっぷり入っていておいしかった。パンもそこそこのサイズだったので腹八分目くらいにはなった。


昼食が終われば子供たちはアンジェラが担当である。シスターマチルダたちは治療院に行き、司祭様もどこかに行ってしまった。

片付けも終わってアンジェラと一緒にお茶をもらっている。

「それでこのあと時間があったら水魔法を見せてもらいたいんだけど」

「見せるだけでいいの？」

「うん、簡単なのは使えるんだよ」

空のコップに魔法で水を作って入れてみせる。

「森に行く前に少しでも使える魔法を増やしておきたいんだ」

庭に出てきた。

子供たちもわいわい言いながらついて来る。

俺はアイテムから盾をだして構える。子供たちは退避して離れたところから見ている。

「今から見せるのはウォーターボール（水球）っていう攻撃魔法ね」

そう言うと手の前に水の塊を作りこちらに撃ちだす。

バシンッ。かなりな衝撃が腕にきた。

「今のは威力もサイズも控えめにしたけど、結構威力あるでしょ？　使い手が本気でやれば大きな木でもへし折れるらしいよ」

火矢を水でやる感じか？

魔力を集める。水を形成して誰もいない壁に向かって発射する。

水は壁に当たる前に四散してしまった……

「ダメダメ。もっと水をぎゅっと固めなきゃ。でもやり方はだいたいそんな感じであってるよ」

魔力を集める。もっと水をぎゅっと固める。

今度はちゃんと壁まで飛んだが、ぱちゃっと音がしたくらいだった。子猫でも倒せそうにない。

「うんうん。うまいじゃないか。その分ならすぐにできるようになるよ。じゃあ次いくよ。今度は水鞭《ウォーターウィップ》」

そう言うと井戸から汲《く》んできたバケツの水から、手のひらに水を吸い上げると鞭《むち》のようにびゅんびゅん振り回した。そして地面に叩きつける。

「水はなくてもいいけど、ある水を使ったほうが魔力が楽だし、利用できる水があれば水魔法はかなり有利に戦えるよ」

井戸からもう一回水を汲んで試してみる。水を魔力で持ち上げ鞭状にして振り……あ、ちぎれた。もう一度やる。今度はちぎれはしなかったがうまく動かせない。

「初めてにしては悪くない。最後は氷を作る魔法ね」

そう言うとバケツから水を吸い出し、氷にしてこちらに撃ちだした。

カッと盾にぶつかり砕ける。

「氷を作るのはちょっと手間取るかもしれないから、最初はウォーターボールをがんばって覚えるといいよ」

氷はレベル2くらいってことだろうか。試しにバケツの水を凍らせようとしたがもちろんできなかった。

「ありがとうございます、アンジェラ先生。とても勉強になりました」

「ん、まあマサルならすぐにわたしくらいに使いこなせると思うよ。じゃあわたしは仕事があるから、気をつけてね」

「うん、戻ったらまた顔を出すよ。お土産楽しみにしててね」

アンジェラちゃんはお土産と聞いてニッコリ笑って、手を振って孤児院の建物に入っていった。

やっぱかわいいなー。あの笑顔のためならがんばれるわ。

「じゃあ、子供たち。俺は明日から森で戦ってくるが、おまえらもシスターアンジェラに面倒をかけないようにするんだぞ」

「ばいばいー、お兄ちゃん！」「お土産おねがいねー」「肉！　肉！」

などの子供の声に手を振って、俺は孤児院をあとにした。

その日は水魔法のスキルは手に入らなかった。

水球をちゃんと使えなければだめってことだろう。

第15話　男子たちのくだらない話

　翌朝、ギルドに向かう。

　受付のおっちゃんに大部屋に案内された。かなり早めの時間のはずだが、すでに副ギルド長に軍曹殿、五人ほどの冒険者たちがいた。

　中の二人がこちらに気がついて寄ってきた。

　初心者講習会を一緒に受けた、クルックとシルバーだ。

　クルックは軽装備の戦士で剣と弓を装備。背は一七〇くらい。細身で愛嬌《あいきょう》のある顔をしている。

　シルバーは身長一八〇くらいのがっしりとした体格で、装備も金属製プレートにでかい盾、剣を持っている。顔はイケメンであるが、脳ミソにも筋肉が詰まってる。

「マサル！　おまえもこの依頼受けたのか？」

　そう言ってクルックが寄ってきた。

「ああ、荷物持ちで呼ばれたんだ」

「紹介するよ、うちのパーティ、アリブールのリーダー、剛剣のラザードさん。Cランクだよ」

　ごついゴリラを紹介される。身長は一八〇のシルバーよりさらに高い。大きな剣を背中に担ぎ、腕の筋肉がすごいことになっている。金属の胴プレートはたくさんの傷がきざまれ、年季が入ってることがうかがえる。手を差し出してきたので握手をする。

痛い。力入れすぎだ、手が砕けるよ！

見た目もゴリラなら力もまさしくゴリラだ。たぶんそんな力を入れたつもりもないんだろう。

「噂《うわさ》は聞いてるよ、野ウサギハンターなんだって？」

やめてくれ。それはもう歴史に封印したい事柄なんだよ。

「へー、この子が」

「こっちがリーズさんでこっちがモーラルさん。みんなアリブール村の出身なんだ」

それでパーティ名もアリブールか。

リーズさんは女剣士。クルックとシルバーの中間くらいの背格好だろうか。なかなかの美人だとは思うが、女豹《めひょう》って感じで少々怖い。

モーラルさんは槍《やり》を持った猫耳獣人の男性だ。無口で紹介されても少し頭を下げるのみ。

クルックとシルバーと情報交換をする。

二人はこの一週間ほど、近場の依頼を何件かこなしたそうだ。森にも行って、何度か実戦を経験したらしい。話すのはほとんどクルックだ。シルバーは時々相槌《あいづち》をうつくらい。話すのはクルック担当だと思ってるんだろう。

俺も最近の話をしてやる。特に野ウサギ狩りのことを知りたがったので詳細に教えてやった。あとは回復魔法を覚えたこと。

「おれ、マサルは剣士だと思ってた。魔法も使えたんだな」

珍しくシルバーが発言する。

「うんうん。模擬戦とか二人掛かりじゃないと相手にならなかったもんな。剣も強くて魔法も使えるって反則だよな」

まあチートだし。

「ほう、そんなに腕がたつのか。一度手合わせしてみたいな」

クルックの発言を聞いて、ラザードさんが興味深げに俺を観察し始めた。

やめてください、死んでしまいます。階級がミニマム級とヘヴィー級くらい違うのに、何考えてるんだ。

「いやー、あんときはみんな体がぼろぼろでしたからね。万全でやればそんなに実力の差はないと思いますよ？」

「そうか？」

クルックが首をかしげている。

そうなんだよ！　そういうことにしとけって！

気がつくと他のパーティも到着してて、何事かとこちらを見に来る。俺を指差し「野ウサギ、野ウサギ」と和気藹々《わきあいあい》である。俺は作り笑いをしてぷるぷるしているしかない。クルックとシルバーも一緒になって笑っている。友達がいのないやつらめ。

「おう、揃《そろ》ったようだな！　みなこっちにこい」

ドレウィンが大声で招集をかけた。

おお、助かった！

みなぞろぞろと副ギルド長と軍曹殿前に集まる。

「わたしが今回の調査隊のリーダーを務める、元Aランクのヴォークト軍曹だ。聞いてのとおり、森の奥で何かあり、普段はこちらには出ないようなモンスターが草原まであふれてきている。我々の目的はその調査および、原因の排除である。現在、森の状態は非常に不安定で、力ずくによる強行突破を図る。第一の目的地はここ。湖周辺である。その後は状況により柔軟に対処する。行程は行きに二日、調査に一日、帰りに二日である」

「原因については何もわかっていないんでしょうか」

「不明だ。ドラゴンクラスの大型種ではないかという推測はあるが、確証はない。戦力としてはBランクパーティの暁の戦斧《せんぷ》と、他にもCランクパーティ三つに集まってもらった。ではまず、暁の戦斧から……」

各パーティの紹介が始まる。

Bランクの暁の戦斧が主戦力。リーダーは斧《おの》持ちだ。女戦士にドワーフらしきのに、黒いローブにフードを被ったメイジ風の小さいのもいる。

Cランクがゴリラ率いるアリブール、ヘルヴォーンというパーティは弓主体のようだ。

最後のパーティが斥候担当の宵闇《よいやみ》の翼。うん、宵闇の翼はねーな。だが本人たちは真剣だし、周りも特に反応はない。

普通に紹介が進んでいく。ヘルなんちゃらとか剛剣、鮮血のなんてのもいたし、こっちでは普通の感覚なんだろうか。

「最後が、おい、こっちにこい」

何故前に呼びやがりますか、軍曹殿。

みなの前に連れて行かれる。注目が集まる。

「今回、補給品の輸送を担当してもらう魔法使いのマサルだ。自己紹介しろ」

「えーと、Eランクで荷物持ち担当のマサル、野ウサギハンターです」

どっと笑いが起きる。

おお、やけくそで言ってみたが、結構受けたな。

こういうときは変にこそこそするより開き直ったほうがいい。

「火魔法と回復魔法をそこそこ、あと水魔法で飲み水を作れます」

自己紹介が終われば質問タイムだ。

「補給品はどの程度用意してあるんだ？」

軍曹殿に指示されて、補給品をすべて出す。食料の詰まった箱一〇個に水樽《だる》が五個。何人かが箱を開けて中身をチェックしていく。

「五日分、十分に用意してある。さらにアイテムボックスにはまだ余裕があるから、天幕などもこちらで用意しておいた。その他の輸送に関しては個別に交渉してくれ」

天幕ってテントか。部屋の隅に積んであったのをアイテムに収納していく。

パーティリーダーたちがこちらに話しかけてくる。内心びびりつつも、戦利品の輸送の約束をした。報酬は戦利品の一割。先着順で持ちきれなくなるまでと話がまとまった。

持ち切れなくなった場合はどうするのかと聞いたら、金目のところだけ切り取って担いで持って帰るんだそうだ。一応自前のアイテムボックスはあるのだが、最低限の必需品を入れればそれほど余裕もなく、馬車や荷車が活躍するということだ。

今回は森なのでほとんどの行程は徒歩である。簡易の荷車のようなのも持ってるそうだが、あてにはできない。

俺はアリブールのパーティに入ることになった。ゴリラは頼もしいし、クルックとシルバーがいれば、話し相手にも困らないだろう。こいつらがいなければきっとぼっちだったな!


ギルドを出ると馬車が用意されていた。

街道をある程度馬車で進んで、そこから森に入るそうである。三台の馬車に分乗して出発する。

クルックと話していると、俺が森が初めてと知ったゴリラは俺を教育してやろうと決めたようで、色々話かけてくる。

やれ筋肉が足りないの、戦での心得がどうだの。逃げ場のない馬車の上。俺は大人しくふんふん聞いている他ない。

俺の武器と防具の品評会まで始まった。背中の黒鉄鋼のブロードソードをむしられ、

「ほう、いい剣じゃないか。使いこなせるのか?」「いやいや、若い頃からいい武器に親しむというのは大事で……」「達人は武器を選ばんものだ。武器に頼って戦うようじゃ……」

と他の人たちまで加わってきた。

結構なお値段がしただけあって、ブロードソードはやはりいい品なようだ。五〇万円だもんな。みなの評価が高い。

俺もゴリラの大剣を見せてもらった。刀身は一五〇センチほど。重い。俺の力では振り回すなど無理そうだ。最近ちょっとは剣術に自信がついてきたんだが、体の作りが違う。どうあがいても体力方面では勝てそうにない。


二時間ほどで目的地についた。

馬車から降りると、遠くに森が見えていた。体をほぐすとすぐに出発となった。

斥候担当の宵闇の翼を先頭に、暁の戦斧、アリブール、ヘルヴォーンと続く。みな無駄話をやめて真剣な顔をしている。

森につくと一本の細い道があって、それを辿《たど》って行く。俺はゴリラにくっついてきょろきょろしながら歩いていた。

気配察知を使うが小動物らしきものの反応が時々するだけで、他には何もない。危険危険と聞いていたが、少し拍子抜けした。

ふいにラザードが止まる。背中の大剣に手をかけている。声をかけようとすると手で制された。すぐに前の暁が動き始めたので行軍を再開する。

「今のは？」

また歩きはじめたので聞いてみる。

「前のほうで戦闘があったようだな。すぐに終わったみたいだが」

進むとすぐにわかった。

宵闇の翼の一人が獲物を手に待っていた。でかい蜘蛛《くも》だ。

足を伸ばすと俺の身長くらいはありそうだ。言われるままにアイテムに収納すると、宵闇の人はさっさと先に走っていった。

「今のは大蜘蛛だな。たいして強くはないが、不意をうたれると結構やばいモンスターだ。かまれると麻痺《まひ》して体が動かなくなり、糸でぐるぐる巻きにされて餌《えさ》にされる。いい死に方じゃねーな」

確かにぞっとしない。

「蜘蛛の糸は高級素材だし、足も悪くない味だ」

ここの人たちは昆虫も平気で食うのだ。町で何度も調理しているのを目にした。昆虫は食べてみれば案外おいしいっていうが、なるべくなら避けたい食材ではある。

しばらくしてまた隊列が止まる。今度は暁の戦斧が進むが、ラザードは止まったままだ。問いかけると、

「少し手強いのが出たらしいな。何、暁に任しとけば心配ない」

と返してきた。

先に進むと今度は人型モンスターの死体が待っていた。オークよりもでかくて赤い。角はないが

赤鬼みたいだな。片足がちぎれかけてる。体は傷でぼろぼろだ。アイテムに収納する。

「トロールだな。あんまりでかくないし、子供かもしれん。だがやつらは力がすごいからな。あまり接近しないほうがいい。こいつも足を先につぶしてそれから倒したみたいだな」

二メートルはあった気がするがあれでも子供なのか。


そんなことが数度あった。その度にアイテムに収納する。

オークを八匹、熊に、オオトカゲ。ゴブリンはその場に放置された。

休止を二回はさみ、昼食をとることになった。

ちょっとした広場になっているところで、食料の木箱からパンと干し肉、果物を支給。水樽も出して各人が水の補給をしていた。

「ここから先はさらに道が悪くなる。しっかり休憩しておけよ」

「なんか全然戦闘がなくて退屈ですよね」

「危険がなくて結構なことじゃねーか。このまま最後までなーんもないほうがいい」

「獲物を全部、前のパーティに取られて報酬が減るんじゃないですか？」

「ああ。取り決めがあってな。倒したパーティが六割。お前が一割。他のパーティも一割ずつもらえることになってる。歩いてるだけで報酬が湧《わ》いてくるなんて滅多にないぞ？」

お金より経験値が欲しいんだけどなあ。どうにかして前に出れないだろうか。

午後も似たような感じだった。獲物はほとんどがオークで、あとは狼《おおかみ》が五匹、ハーピーが一匹。

クロウラーというでかい緑色の芋虫も倒されていたが、これをどうするのかは怖くて聞けなかった。

ちなみに狼もハーピーも食材だそうだ。芋虫はさすがに食う勇気はない。

午後遅く、野営地に到着する。

天幕をだしてキャンプを設営。夕食はオークが饗《きょう》されることとなった。新鮮なオークが手際よく捌《さば》かれていく様子はグロそのものだったが、焼かれた肉はいい匂《にお》いがしたのでありがたく頂いた。

クルックとシルバーと同じ天幕で寝ていると好きな人はいるか？　みたいな話が始まってしまった。

高校生の修学旅行かよ！

シルバーが珍しく饒舌《じょうぜつ》に同パーティの女戦士リーズさんへの想いを語っていた。

「でもリーズさん、ラザードさんのことが好きじゃん」

クルック容赦ないな。落ち込むシルバー。

今度はクルックが話しだす。初心者講習を一緒に受けた女の子が結構いいなーと思ってたんだぞうだが、あの子遠くに行っちゃったからね。最近は新しい恋を見つけたそうだ。通ってる食堂のウエイトレスさんで笑顔がかわいいんだそうだ。

「ポニーテールの子？　でもあの子、コックの人と仲良くしてるの見たことあるよ」

仕返しとばかりにシルバーが暴露する。

おまえらほんとに友達か？

まあ目がないのを早めに知らせるのも、友達を思ってこそかもしれんが。

「おまえはどうなんだ？」

「そうだ、お前のも話せ」

うーむ。二次元への思いなら一晩中でも語ってやれるんだが、どうしたもんか。

こっちにできた女性の知り合いといえば、ティリカちゃんとアンジェラちゃんくらい。もうアンジェラちゃんのことでいいか。でも確かにかわいいなとは思うが、恋とかじゃないと思うんだよな。

「神殿のシスターでな……」

いかにかわいいか、いかに子供思いで親切な女性か、少しばかり盛りながら話す。ナイフで手を刺したりとかそういう話はもちろんしない。

「それはもう告白すべきでは」

「うんうん」

「あのな、おまえら。よく聞け。少し仲良くしてもらった、笑いかけてもらったくらいで、告白なんてしようものなら、ひどい目にあうのが必然なんだよ。親切にしたのは生徒だったから。笑いかけてくれたのはお土産を毎回持っていったから。俺のことはなんとも思っちゃいない。ひと月もすればすぐ忘れるさ。もし告白なんてしてみろ。マサルくんのことは嫌いじゃないけど、そういうのはちょっととか。マサルくんのことは好きだけどいいお友達でいましょうねって返事が一〇〇パーセント返ってくる。間違いない。そしてなんだかぎくしゃくした関係になって、友達ですらいられなくなるんだよ！」

「そ、そうか」

学生時代のトラウマが蘇《よみがえ》ってくる。

二次元にはまったのはあのあとだったな。

「おれが村に居たころ」

唐突にクルックが話し出す。

なんだ、話を変えるのか。賢明だな。

「近所のおじさんが冒険者を引退して帰ってきてさ。お嫁さんを連れて帰ってきたんだよ」

ほうほう。それでそれで。

「おじさんよりずいぶん年下のかわいい人でさ、夫婦仲もよくて、子供も生まれてそれはそれは幸せそうだった。あとで知ったんだけど、そのお嫁さん、奴隷だったんだよ。冒険者で儲《もう》けたお金で買ってきたんだって」

「そういうのありなのか!?」

「それってクルックの隣に住んでた!?」

「うちの村では珍しかったけど、普通にあるみたいだよ。ほら、何年も冒険者やってると、知り合いの女の子なんかみんな結婚しちゃうし、年を取ったり、怪我したりでなかなか結婚できないから」

俺もシルバーも興味津々である。

「それでさ。見に行ってみたんだよ。奴隷商」

「いつのまに!?」

シルバーがずいぶん驚いている。クルックのやつ、こっそり一人で行きやがったのか。

俺たちはクルックから詳しい話を根掘り葉掘り聞き出した。

「おれが見たのはだいたい四、五万ゴルドくらいだった。がんばったら貯められない値段じゃないよね」

メニューを確認する。

「俺いま三万くらいある……」

正確には31979ゴルド。

くそ、武器防具で1万ゴルドも無駄遣いするんじゃなかった！

「何!?」

「なんでそんなに持ってるんだ！」

「いやいや、待ちたまえ諸君。愛する女性をそのような、物のように売買するのはよろしくない」

「うーん」

「それはそうだが……」

「だがね。大きい家を買ったとしよう、いや借りるでもいいかな。一人じゃ掃除するのもきつい。お手伝いさんが欲しいよな。それで奴隷を買うという選択肢もあるかもしれない。いやいや、けしてやましい気持ちはないよ？　手は出したりはしないさ。でも、一つ屋根の下で暮らすんだ。つい恋に落ちちゃうこともあるかもしれない。うん、それなら仕方ないよな」

「うんうん」

「すごくありうる話だ！」

「諸君、俺は帰ったら大きな家を借りよう。きっとだ！」

「な、なんだと！」

「貴様、裏切るのか!!」

騒いでたら軍曹殿に怒られた。

「貴様ら、明日も早いのだ。早く寝ろ」

第16話　できる魔法使いにも悩みはある

翌日もほぼ同じような展開だった。

戦闘はあるものの、すべて前のパーティで処理されて、こちらは平和なものだ。

だが、昼前に少しトラブルがあったようだ。軍曹殿がみなを集める。

「この先にオークの集団が見つかった。見えた範囲だけでも約三〇。多ければその倍はいると考えられる」

「我々の目的は調査だ。回避するべきではないか？」

「いや、放置して後背をつかれてはまずい。殲滅《せんめつ》しておくべきだ」

「ついでだ。やっちまおうぜ。たかがオーク、五〇が一〇〇だとしてもこの戦力なら問題ないだろう？」

ラザードさんの意見であっさり殲滅することに決まった。

「やつらは現在停止中だ。休憩してるのか、何かを待ってるのかわからんが、奇襲するのには悪くない位置だ。まず魔法使い二人で先制をしてもらう。その後、弓で数を減らす。さらに一部隊を背後に回し、こちらに注意が向いてるすきに強襲する。余裕があれば、残った部隊も突撃だ」

俺と暁の戦斧《せんぷ》の魔法使いで先制。アリブールとヘルヴォーンで弓攻撃。暁と宵闇《よいやみ》で後ろから奇襲だ。

黒ローブがやってきた。

暁の戦斧の魔法使いだ。手に小さい杖《つえ》を持っている。こちらの正面にやってきてフードを脱ぐ。

女の子だった。高校生くらいだろうか。背は俺より少し小さい、体型はローブでわからない。金髪がローブの中に伸びており、顔は整って美人だ。アンジェラと同じ金髪でも、こっちはかわいい系だな。目がぱっちり大きい。

でもなぜか俺をぎっと睨《にら》んでる。

「わたしはエリザベス。風メイジよ！　いい？　絶対にわたしの足をひっぱらないでよね！　わかった!?」

「あ、はい」

この子は何をこんなにけんか腰なんだろう。

「あの、何をそんなに怒ってますか？」

「あなた！　誇り高いメイジなのに、荷物持ちなんて言ってへらへら笑ってるなんて！　同じメイジとして許せないわ!!　恥を知りなさい、恥を！」

「はあ、ごめんなさい」

「もう！　もういいわ！」

そう言うと、ずんずん行ってしまった。慌てて追いかける。

「でも荷物持ちで雇われたのはほんとだしなー」

「そんなもの、メイジの仕事じゃないわ！　わたしが本当のメイジってものを見せてあげる。ついてらっしゃい！」

言われなくても行く方向同じだし、同じ任務割り振られてるし。

すぐに軍曹殿がいる攻撃地点につく。谷のようになっていて、下を覗《のぞ》くとオークがいっぱいいた。

「奇襲部隊もそろそろ配置についた頃だ。魔法使い二人の攻撃を合図に攻撃を開始する。では二人とも頼んだぞ」

「あなたはあっちのほうを狙《ねら》いなさい。わたしはあっちをやるわ。いい？　タイミングはわたしに合わせるのよ」

と、エリザベスが小声で指示を出す。

攻撃する場所を確認し、うなずく。

エリザベスが詠唱を開始したのでこちらも【小爆破】の詠唱を開始する。エリザベスが聞こえないような小さな声でぶつぶつ言ってる。何か呪文でも唱えてるんだろうか？　俺の場合は魔力の集中だけで特に何もしてないが、他は違うんだろうか。

「ウィンドストーム」と、エリザベスが小さく声を発する。

俺もそれに合わせて小爆破を発動した。

突然の攻撃にオークたちは混乱している。続けて弓の攻撃が始まってばたばたとオークが倒れていく。

だがすぐに反撃が始まった。

散発的ではあるが、オークからも矢が飛んできたのだ。一本の矢がすぐ手前に突き刺さる。

素早く木の陰に退避した。エリザベスはと見るとすでに隠れている。

矢の飛んでくる方向を探す。いた。

【小爆破】を詠唱する。弓を引くオークを狙い、発動。

数匹まとめてオークが吹っ飛び、レベルアップした。ステータスのチェックは後回し。向かってくるオークがいたので【火槍】で始末する。

「攻撃停止！」

軍曹殿から号令がかかる。奇襲部隊の攻撃が始まったようだ。

シルバーがこっちにやってきた。

「クルックが足に矢を食らった。みてやってくれないか？」

行って見てみると、クルックは脂汗を浮かべていた。太ももに矢が刺さってる。

クルックは弓担当で隠れるわけにはいかなかったし、シルバーほど重装備じゃない。この程度で済んでよかったと言うべきだろう。

「シルバー、矢を引っこ抜いてくれ。すぐに回復魔法をかける。クルックちょっと我慢しとけよ」

シルバーが矢を抜くのにあわせて、【ヒール】をかけてやる。少し血が噴き出たがすぐに傷はふさがった。

「おい、おまえら。ここで待ってろ。俺たちは残りのオークを殲滅してくる」

ラザードさんは俺たちにそう告げると、オークの居たほうへと行ってしまった。

その場には俺とシルバーとクルック、軍曹殿とエリザベスのみになった。

「軍曹殿、もう終わりでしょうか？」

先ほどまでしていた戦闘音がなくなっていた。

「そうだな。あとは逃げ出したやつくらいだ。しばらくここで待機するぞ。あたりを警戒はしておけ」

クルックとシルバーは言われたとおりにあたりを警戒している。俺がステータスを見ながら、スキル振りを検討していると、エリザベスが話かけてきた。

「あなた、なかなかやるじゃない。名前はなんて言ったっけ？」

「マサル。そういえば、さっき魔法うつのに何かぶつぶつ言ってたけど、あれ呪文か何か？」

「そうよ。きちんと呪文で詠唱するのが正式なのよ」

「へー、俺の知り合いはやってなかったけどな」

アンジェラやシスターマチルダたちも特に何も言ってなかったし。

「そいつらは素人ね。ちゃんと呪文を詠唱して最後に呪文名を叫ぶと、威力が二割増しになるのよ！」

杖をこちらにつきつけ、ポーズをつけてエリザベスが言う。

「二割増しはわからんが、撃つ前に呪文名を言うのは間違っていない。パーティで戦う場合、後方の魔法使いがどの呪文を使うか、前衛に知らせねばならないからな」

横で話を聞いていた軍曹殿が補足説明をしてくださる。

なるほどなー。

無言で詠唱してドカンじゃ、前衛はびびるだろう。エリザベスはドヤ顔をしている。

「どうやら散っていた部隊が戻ってきたようだ。我々も下に降りよう」


谷底に降りると、指示に従ってオークの死体を収納していく。

ばらばら死体になっていたのは俺の倒したやつだろう。損傷の激しいのは価値も低いので放置していく。

「適当にアイテムボックスに入れていってますけど、誰が倒したとかどうするんです？」

分配で揉《も》めないのかな、これ。そう思って軍曹殿に尋ねてみた。

「あとでギルドカードを照らし合わせて分配を決める。損傷して持って帰れない素材もあるし、細かいことはやっていられないからな」

なるほど。俺のぶっ飛ばした死体のことですね、わかります。他は大抵、矢や剣で倒されてるもんな。エリザベスのやったのさえ、形がわからなくなるほどじゃない。

火魔法、火力はあるけど、こういうとき不便だな。

ギルドカードをチェックするとオークを九匹倒していた。一匹は火槍でそれほど損傷してないから、八匹はほぼ無価値になった計算だ。オークの死体は一匹２００ゴルドで引き取ってもらえるから、結構痛いな。

全部収納するとオークは四一匹だった。昨日の分を入れると六二匹。一匹八〇キロくらいとしても五トン近くある計算だ。相変わらずアイテムボックスチートすぎる。暁の人に全部入ったって言ったらすこし驚いてた。

二人ほど軽い怪我をしていたので治療して、簡単な食事をしたあと出発となった。

予定より遅れるかと思ったら、特に急ぐこともなく、日が落ちる前に二日目の野営地に到着。この程度のトラブルは織り込み済みで行程は立てているんだそうだ。手際よくキャンプを設営し、食事を済ませる。

明日はここをベースにして、湖周辺の調査となる。


夕食後、焚《た》き火にあたりながら水球をふよふよ浮かせて水魔法の練習をしてると、シルバーがやって来て何やってんだと聞いてきた。

「魔法の練習」

ふーんと言いながらつつこうとしたので、

「よせ！　触ったら死ぬぞ!?」

試しに脅してみると、シルバーはびびって後ずさった。ゆっくりと水球を近づけるとさらに後ずさる。もちろんただの水である。

「こら、やめろって！」

逃げ出したので水球で追いかけてみる。

あ、こけた。

そのまま水球をぶつけてやる。シルバーは頭から水をかぶって、呆然《ぼうぜん》としている。

「残念だがおまえは死ぬ。風邪をひいてな！」

やっと冗談だとわかって怒りだした。

「あはははは。すまない。ごめんってば。ほら、今のですりむいただろ？　回復魔法かけてやるから」

シルバーと楽しくたわむれていると、エリザベスがやってきた。

「ちょっと話があるのよ。できれば二人きりでね」

そう言うと、シルバーのほうをちらりと見る。

シルバーは察してすぐにどこかへ行ってくれた。

「それでなんの御用でしょう、エリザベスさん」

「うん、その……ね」

エリザベスはなんだかもじもじして言いにくそうだ。ちょっと俯《うつむ》き加減で、顔をほんのり赤くしている。

人払いまでして俺に言いたいことって……もしかしてあれか？　告白ってやつか!?

今日の俺の戦いぶりを見て惚《ほ》れちゃったのか？

「その……アイテムボックスの魔法があるでしょう?」

ん? アイテムボックス?

「ああ、あるね?」

「わたし、空間魔法が苦手でね。そりゃあ普通の人よりはたくさん入るんだけど、うちのパーティくらいになると戦利品もすごくて、すぐにいっぱいになっちゃうのよ」

話が何やら想定外の方向に……

「マサル、すごく得意そうじゃない? 何かこつとか練習法とかあるのかしら?」

ですよねー。

惚れるとかないわー。

三〇秒前の俺をしばき倒してやりたい。

「うーん、なんとなく最初からこんな感じなんで、こつとかわからないなあ」

チートだから、説明のしようもない。

「そう……」

それを聞いてエリザベスはしょんぼりしている。力になってやりたいが、これぱっかりはなあ。

「ほら、まだ若いんだからさ、使ってるうちにうまくなるって」

「やっぱり地道にやっていくしかないのね。わかったわ」

そう言うとエリザベスはふらふらと自分のテントのほうに歩いていった。ちょっともったいなかったかなあ。せっかくかわいい子と仲良くなるチャンスだったのに。

でも人生勝ち組みたいな顔をして、誇り高いメイジも色々悩みがあるんだな。

だが人の心配をしてる余裕がそれほどあるわけでもない。目下の俺の悩みといえば、火力のありすぎる火魔法の運用だ。

今日みたいに獲物ごと爆破していたら、報酬的にきつい。

スキルリセットを使えば火魔法を他に振り替えもできるんだけど、よく考えたら、明日急に、火魔法が使えなくなりました。土魔法がマックスレベルですとか、怪しいことこの上ない。

リセットでMP消費量減少やMP回復力アップを削ってもいいんだが、それよりもレベルアップを狙ったほうが早そうな気がする。明日も戦闘参加できないかなあ。

クルックとシルバーは、夜のはじめのほうの見張り担当だったので、その日は一人で寝た。オークに矢を射られたのがちょっと怖かったので、寝る前に火魔法のレベルを一段階上げておいた。

character status

LV.6 **山野マサル**　種族｜ヒューマン　職業｜魔法剣士

HP｜264/264　MP｜398/398　スキルポイント｜6P

力	64
体力	66
敏捷	21
器用	26
魔力	50

ギルドランク
E

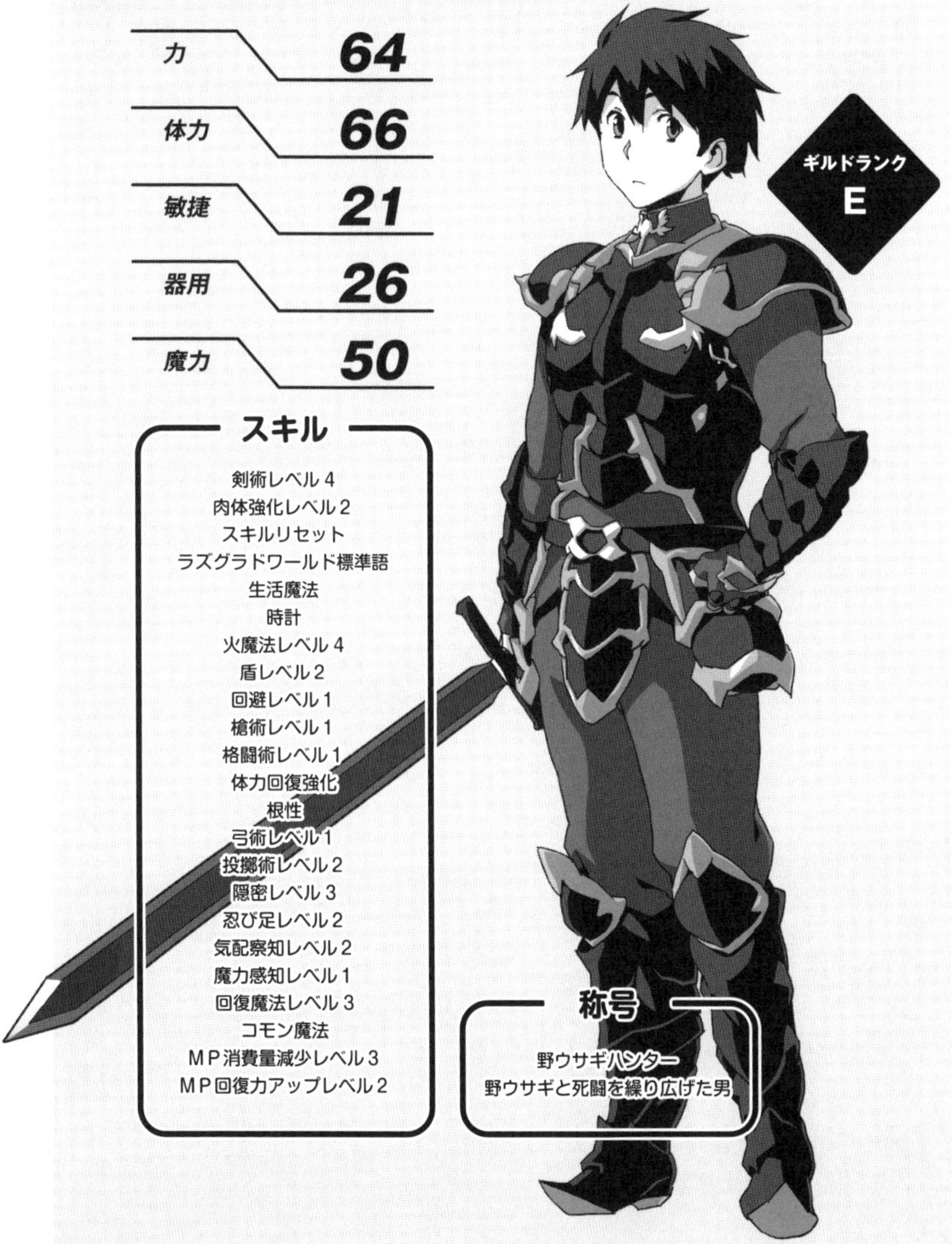

スキル

剣術レベル４
肉体強化レベル２
スキルリセット
ラズグラドワールド標準語
生活魔法
時計
火魔法レベル４
盾レベル２
回避レベル１
槍術レベル１
格闘術レベル１
体力回復強化
根性
弓術レベル１
投擲術レベル２
隠密レベル３
忍び足レベル２
気配察知レベル２
魔力感知レベル１
回復魔法レベル３
コモン魔法
ＭＰ消費量減少レベル３
ＭＰ回復力アップレベル２

称号

野ウサギハンター
野ウサギと死闘を繰り広げた男

第17話　人は知らず知らずのうちに死亡フラグをたてる

荷物持ちは今日はお留守番である。アリブールの面々と軍曹殿も残っていて、キャンプ地周辺の警戒にあたっている。

「これで何も出てこなかったらどうするんです？」

そう軍曹殿に聞いてみた。

「そのときは、帰りに別ルートを通って調査範囲を広げる予定だ。それでも何もなければしばらく様子を見て、異変が収まらないようなら再度調査をすることになるだろうな」

退屈である。散歩でもしようと思ったが、じっとしてろと言われ、シルバーとクルックに話かけたら邪魔するなと言われる。

魔法の練習をしてたら「何が起こるかわからん。魔力は節約しろ」と軍曹殿。

本かゲーム機が欲しい。本屋はあるようなので、帰ったら一度見に行ってみよう。

木に向かって投げナイフの練習をしていると、二時間ほどで宵闇《よいやみ》の翼が戻ってきた。深刻そうな顔をしている。

「軍曹殿、ドラゴンだ」

軍曹殿と一緒に報告を聞く。湖の反対側に巣を作っている。たぶんまだ若いドラゴンだ。サイズはそれほどでもない。翼があった。飛竜種だろう。

「そのドラゴンって小さいんですか？」

報告を聞いて疑問に思ったことを聞いてみた。

「ああ、ドラゴンにしては。それでも一〇メートル以上はあったがな」

一〇メートル……

ちょっと想像がつかない。

うちの実家の二階建てが五メートルくらい？　その倍か。博物館で見たティラノサウルスが一〇メートルくらいだっけ。かなり巨大で驚いた記憶があるぞ。

それが飛ぶのか……

「ここから町まで飛べば半日ほどの距離だ。放置はできんな」と軍曹殿。

「倒すんで？」

ラザードさんが軍曹殿に問いかける。

「暁の戦斧《せんぷ》を待とう。判断はそれからだ」

ほどなく、すべてのパーティが戻ってきた。状況を説明する。

「ドラゴンはやっかいだぞ。戻って応援を呼ぶべきだ」

「翼を落とせばただの火を噴くでかいトカゲだ。問題ない」

「どうやって翼を落とすんだよ！」

「わたしがやるわ！」

エリザベスが立候補をする。

元気いっぱいである。なんであそこまで強気なんだろう。

暁の戦斧とアリブールが倒す派で、宵闇の翼とヘルヴォーンが撤退派である。結局、軍曹殿の鶴の一声で倒すことに決まった。


暁の戦斧が前衛、アリブールが補助。

ヘルヴォーンは隙《すき》をみて弓で攻撃。

宵闇の翼は後方で待機して、もし作戦が失敗したら町に戻り知らせる。

俺は参加しても留守番でもどっちでもいいと言われた。どうしようか。経験値も欲しいが命も大事だ。

「マサルも参加しなさい。わたしの最強魔法を見せてあげるわ！」

「参加してくれるなら報酬を弾もう。ドラゴン討伐は危険も大きいが、成功すれば莫大《ばくだい》な報酬が手に入るぞ」

軍曹殿も俺に参加して欲しいようだ。

それに莫大な報酬か。報酬はとても欲しい。

昨日のうちにざっと計算してみたんだが、このまま帰ると報酬は３０００ほど。たぶん４０００

はいかないだろう。ハーレム計画第一歩のためにはだいぶ足りない。

「それにドラゴンを討伐したとなれば冒険者として箔《はく》がつく。暁の戦斧はドラゴン討伐の経験があるそうだ。これは分のいい賭けだぞ」

ラザードさんもそう言って俺の参加を勧めてくる。

クルックとシルバーも参加するようだ。火魔法レベル4の大爆破も試したいし、うまくすれば経験値が大量に手に入るかもしれない。

「参加します」

決して報酬に目がくらんだわけじゃない。

これは冒険者として当然の行動だ。


軍曹殿から紙とペンを渡された。

「遺書を書いておけ。二通だ。一つは自分で持ち、もう一つは宵闇の翼に預けておく」

見ると、みんな何やら書き込み中だ。

「死んだとき、残った装備やアイテム、お金をどうするのか。死んだのを知らせて欲しい人がいるなら、その連絡先もだ。これは危険な任務の前にやる通常のことだ。そんなに不安そうな顔をするな」

紙を手にして考える。

実家には連絡は無理だし、アイテムとお金は孤児院に寄付しとくか。そういえば死んだらアイテムボックスってどうなるんだろう。

エリザベスに聞いてみると、その場で中身をぶちまけるわね、とのこと。

なるほど。オークの死体×62や持ってる食料が全部、その場にぶちまけられるわけだ。きっとすごい光景だろうな。

遺書を書いて一枚を軍曹殿に預け、もう一枚はアイテムボックスに入れておく。

ふと思いついて日誌を取り出す。

実家宛《あて》にも遺書を書いておこう。きっと死んだら伊藤神《いとうしん》が届けてくれるだろう。

時間があまりないので簡単に書いて、あとでまたきちんと書きなおせばいい。「先立つ不幸をお許しください。事情により、もう二度と会うこともできませんが、PCの中身は見ないで、HDDを破壊してから処分してください。お願いします」と。

これでよし。

エロい本は母親にはすっかりばれているので、HDDだけ処分すれば大丈夫。父ならきっとわかってくれるはず。

ああああ、黒歴史ノートを忘れていた。「押し入れのダンボールのノートは見ないで焼き捨ててください。絶対にお願いします」うん、これで安心だ。

俺たちが森の中から隠れて見守る中、暁の戦斧が正面からドラゴンに接近していく。

ドラゴンは森が切れた先にある、岩山に開いた浅い洞窟《どうくつ》で寝そべっており、外からもその姿を確認することができる。

今は浅い洞窟ではあるが、少しずつ掘り進んで立派な巣にするんだそうだ。

「いい？　うちのパーティがドラゴンをここまでおびき寄せるから、魔法で確実に仕留めるのよ」

暁の役目は囮《おとり》だ。エリザベスを除いた四人が正面から、存在を誇示するようにゆっくりとドラゴンに向かって歩いていく。ドラゴンが囮に気を取られている隙に、隠れている俺とエリザベスの魔法で攻撃を加えるのだ。

奇襲も作戦案にあったのだが、失敗した時のリスクが高い、囮のほうが確実だと、暁のリーダーが志願したのだ。それだけエリザベスに対する信頼が厚いのだろう。

寝ていたドラゴンが顔を上げ、立ち上がる。

そしてのそのそとその巨体を洞窟から現した。でかい。

茶色い体躯《たいく》に四本の足、大きな翼、面構えも凶悪だ。

暁の一人が弓を放つが、歯牙にもかけない。

ドラゴンの気を惹《ひ》いたと判断した暁の部隊は、反転してこちらに逃げてきた。ドラゴンも地響きを立てながらそれを追いかけてくる。つまりこっちに接近して来た。

ドラゴンはでかいなんてものじゃなかった。

逃げている暁の人たちが、まるでアリンコのように見える。それが接近してくるのを見て、回れ右をして逃げ出したい衝動にかられた。

だが、今は一人じゃない。横にはエリザベスがいるし、周りはクルックやシルバー、軍曹殿などの待機組が囲んでいる。一人で逃げ出すわけにもいかない。

「今よ」

横にいるエリザベスが言った。

そうだ、ドラゴンにびびってる場合じゃない。あれを魔法で倒さなきゃいけないんだった。

慌てて魔法の詠唱を開始する。使う魔法は大爆破、先日覚えたばかりのやつだ。使ったことが一度もなくて不安だが、これが一番威力があるはずなのだ。

暁の人たちを追っていたドラゴンが立ち止まり、口を大きく開いた。ブレスの態勢だ。

「ブレスだ！」

一人の叫びで暁の人たちが散開する。だが最後方を走っていたフルプレートの戦士が立ち止まってドラゴンの正面に立ち、巨大な盾を構えた。

おい、いくらなんでも無茶だろ!?

【大爆破】は詠唱中だ。間に合わない。

ドラゴンのブレスが放たれた。盾持ちの戦士がブレスの炎に全身を包まれる。

あ、これは死んだ。

そう思ったが、盾の人は身を翻して再び逃走を始めた。真っ黒焦げだが、元気そうだ。

一度ブレスを撃つと次までは時間がかかる。攻撃するなら今が絶好のチャンスだ。

「食らいなさい！　メガサンダー!!」

エリザベスの魔法が俺より先に発動した。

空がカッと光り輝いたかと思うと、ズガンッという轟音《ごうおん》とともに、極太の雷がドラゴンを襲った。

最強魔法だと豪語するだけのことはある。ドラゴンの巨体が完全に停止した。

サンダーを食らったドラゴンの頭からはプスプスと煙が上がっている。ドラゴンはぐらりとよろめきそのまま倒れるかに思えた。だが、翼を広げると体勢を立て直し、とどめを刺さんと走りよる暁のメンバーから逃れ飛び立った。

「嘘《うそ》、仕留め損ねた!?」

俺の【大爆破】は詠唱中だ。

くそ、一度くらい試しておくんだった。詠唱が長すぎる!

ドラゴンはどんどん上空にあがっていく。急がないと届かない。

ようやく詠唱が完了し、【大爆破】を発動させる。だが、それも遅かったようだ。ドラゴンの手前で爆発が起こり、やつは悠々と上空に逃れた。

「失敗だ。このまま逃げるか?」

ラザードさんが軍曹殿に問いかける。

「いや、ダメージはある。その証拠にやつは上空に留まったままだ。作戦は続行する」

ドラゴンはかなりな上空でホバリングをしながら、こちらを窺《うかが》っている。逃げるつもりはないようだ。

隣にいるエリザベスがはぁはぁと肩で息をしている。

ポーションを取り出し飲んで少し楽になったようだ。魔力切れか。アイテムから濃縮マギ茶を出して渡してやる。

「何これ。どろりとしてるんですけど」

「濃縮マギ茶。苦いけど効くぞ」

エリザベスがぐっと飲む。すぐに水を渡してやる。俺も濃縮マギ茶を飲んでおく。

「うぇえ、ひどい味ね。でもありがとう」

「で、どうするの？」

「降りてきたところを攻撃するしかないわね。さっきのはもう撃てないけど、なんとかするしかないわ」

「撤退は？」

「怒り狂ったドラゴンが追いかけてくるわよ。うまく逃げ切れても、町まで追いかけてきたらひどい被害が出るわ。ここで止めなきゃ」

大爆破は詠唱が長すぎてだめだ。小爆破を翼にぶつけるしかない。

森の外では暁の戦斧の人たちが陣形を整えて上空のドラゴンと対峙《たいじ》していた。彼らにはまた囮になってもらうことになる。

数分後、ついにドラゴンが急降下してきた。【小爆破】の詠唱を開始する。

だが、速い。

落下速度を利用してものすごいスピードで、暁の戦斧目指して突っ込んできた。また盾の人を残して散る暁の人たち。ドラゴンはブレスを吹きつつその上を掠《かす》めるように飛び去る。

すれ違いざま、ドラゴンの尾が振られ、盾の人が吹き飛ぶ。盾の人は数メートル転がり倒れるが、よろよろと起き上がった。

盾の人すげー！

ふたたび上空に滞空するドラゴンを見ると、腹に槍《やり》がささっている。あのすれ違いざまに攻撃したのか。

だが、ドラゴンの巨体にその程度では焼け石に水だ。

「だめだ。速すぎて魔法が合わせられない」

魔法が発動してもあの速度だ、当てる自信がない。

「そうね。こうしましょう。わたしがマサルを抱えて飛ぶから、あなた魔法で翼をつぶしなさい」

「ええ!?　レヴィテーションなんかで飛んだらいい的だぞ」

レヴィテーションで上空にはあがれるだろうが、速度が出ない。せいぜい歩くスピードくらいだ。

「違うわ。風魔法のフライよ。レヴィテーションよりもスピードが出るの。大丈夫。今死ぬか、あとで死ぬかの違いよ。失敗したらどのみち全滅よ」

エリザベスが真剣な顔をして俺に言う。

報酬に釣られて受けるんじゃなかった。

俺のハーレム計画も始まる前にここで終了か。

ああ、この前の「帰ったら俺、大きい家を借りるんだ」とかまんま死亡フラグじゃん……

なんとか逃げられないかと考えたが、思いつかなかった。

この女の子がやるって言ってるのに、怖いから逃げますとはとてもじゃないが言えない。周りではすでにやることで話が進んでいる。

軍曹殿に手伝ってもらって、ロープでエリザベスを俺の背中に結びつける。軍曹殿は何も言わずに俺の手をぐっと握り離れていった。

映画とかなら「安心しろ、骨は拾ってやる」ってところだろうか。いや、軍曹殿なら「心配するな、わたしもあとから逝く」かもしれんな……

「いい、次にドラゴンが降りてきたときがチャンスよ。ドラゴンが通過したあとを追いかけて飛ぶから、すぐに詠唱を開始しなさい」

後ろから抱きついたエリザベスが耳元でささやく。おっぱいが背中に当たってるはずだが、鎧《よろい》ごしでよくわからない。

残念だ……

美少女に抱きつかれておっぱいを押し付けられ、普段なら最高のシチュエーション。だが、俺は今から死地に赴くのだ。

おっぱいの感触を楽しんでいる余裕はない。

メニューを開き、スキルリセット。

MP消費量減少レベル3、MP回復力アップレベル2を消す。ポイントが23Pになった。

高速詠唱のレベルを上げていく。高速詠唱レベル4で残り9P。足りない。

レベル5にはあと10Pいる。

忍び足を消し、高速詠唱をレベル5にする。

「来たわ！」

スキル操作がぎりぎり間に合った。

ドラゴンが通過するのに合せて、エリザベスがフライを発動する。

体がふわりと浮かび上がった。

【小爆破】の詠唱はすでに開始している。効果があるかどうかわからないが、隠密も使っておく。

森から飛び出し、ドラゴンの後を追う。

レヴィテーションよりはかなり速いが、ドラゴンにはどんどん引き離される。

まだ詠唱は終わらない。

詠唱が間に合わなかったら死ぬ。

魔法を外しても死ぬ。

ついに詠唱が終わった。だが、ドラゴンはまだ高速飛行している。短時間なら魔法は維持できる。

チャンスは一度きり。

上空にあがったドラゴンがくるりとこちらに向いた。

今だ！

ぎりぎりまで発動を抑えていた小爆破を、ドラゴンの翼の付け根あたりを狙《ねら》って発射する。

止まった的だ、狙いは過《あやま》たず、ドラゴンの片翼を奪い取った。

「やったわ！」

エリザベスが俺の後ろで歓声をあげた。

おいちょっと待て。翼を潰《つぶ》しただけで喜ぶのは……

案の定、怒り狂って叫びをあげたドラゴンは、残った片翼を必死に羽ばたかせ、落下しながらもこちらに向かってきた。

「やばい、ドラゴン来た。こっち来た。退避、退避だっ！」

エリザベスが距離を取ろうとするが、ドラゴンは落下速度を加えながらフライを上回る速度でこちらに突っ込んでくる。

だが折れた翼では届かない。ドラゴンは下方に過ぎ去り、逃げ切れた、そう思った瞬間、ドラゴンの口が開けられた。

まさかブレスを吹くのか!?

やばい、ガードしないと。そうだ、水！　水だ！

とっさに大量の水を生成する。

ドラゴンの吐いたブレスと水がぶつかった。至近距離で爆発が起こり吹き飛ばされる。

一瞬意識が遠のくが、落下してるのに気がつき、必死に【レヴィテーション】を発動する。エリ

ザベスがずるりとずり落ちそうになった。

「エリザベス。おい、エリザベス！」

気を失ったのか。ロープできっちり縛ってあるから落ちはしないと思うが、念のためエリザベスの腕をしっかりと掴《つか》む。

地上はと見ると、落下したドラゴンとの戦闘が始まっていた。エリザベスに呼びかけるが、返事がない。

仕方がない、どこかに降りよう。


ドラゴンとの戦闘を避けて地上に降りる。

ロープをナイフで切り、エリザベスを地面に寝かせる。エリザベスは鼻血をだして気を失っている。【ヒール】念のためもう一発【ヒール】。エリザベスがうーんと唸《うな》って目を開いた。

「大丈夫か!?　エリザベス！」

「あんたの……」

「え？」

「あんたの頭が顔に当たったのよ！　鼻の骨が折れるかと思ったわ！」

吹っ飛ばされたとき、後頭部が当たったのか。ヘルムかぶってるもんな。そりゃ痛かっただろう。

すでにヒールかけたあとだから、ほんとに折れてたかもしれん。

「ご、ごめん」

「いいわ。ドラゴンは!?」

エリザベスがきょろきょろと周りを見渡しながら立ち上がった。

「あああぁ、そうだ！　まだみんな戦ってる！　助けないと!」

ドラゴンとの戦闘を振り返る。何人もがドラゴンに接近して戦っており、うかつに魔法をぶっぱなすわけにもいかない。

「どうしよう」

「大丈夫よ、見てなさい。もうすぐ終わるわ」

よく見ると、ドラゴンはすでに傷だらけ。動きも弱々しい気がする。やはり落下のダメージは大きかったのだろうか。攻撃を打ち払うように首を振ったり、前足や尻尾《しっぽ》を動かしてはいるが、冒険者たちはうまく回避している。

だが弱ってるとはいえ、一〇メートルを超えるドラゴンの一撃だ。当たればただではすまないのに、怯《ひる》むことなく攻撃は続行されている。

「魔法使えばさっくり倒せるんだぞ!?」

正気か？　あんなのに突っ込むとか。大型トラックを素手で止めるようなもんだぞ？

「人の見せ場を取るもんじゃないわよ。それに、ほら」

そのまま見ていると、ラザードさんがドラゴンの首の根本に大剣をざっくりと打ち込んだ。ドラゴンは苦痛の叫びをあげると倒れ、最後は暁の戦斧《おの》のリーダーの人がドラゴンの額に斧を叩《たた》きこむとドラゴンは動かなくなった。

「ほらね？」

そうエリザベスが俺を振り返って言った。

「あ、ああ」

ほんとに剣とか槍で倒しちゃったよ……

そのとき、頭の中でレベルアップ音が連続で鳴り響いた。メニューを開くと、レベルが３上がっていた。

character status

LV.9 **山野マサル** 種族｜ヒューマン　職業｜魔法剣士

HP｜224/482　MP｜258/736　スキルポイント｜36P

力	86
体力	90
敏捷	29
器用	35
魔力	69

ギルドランク
E

スキル

剣術レベル4
肉体強化レベル2
スキルリセット
ラズグラドワールド標準語
生活魔法
時計
火魔法レベル4
盾レベル2
回避レベル1
槍術レベル1
格闘術レベル1
体力回復強化
根性
弓術レベル1
投擲術レベル2
隠密レベル3
気配察知レベル2
魔力感知レベル1
回復魔法レベル3
コモン魔法
高速詠唱レベル5

称号

ドラゴンスレイヤー
野ウサギハンター
野ウサギと死闘を繰り広げた男

第18話　倒したあとはおいしくいただきます

　みなで絶命したドラゴンの側《そば》に集まる。改めて近くで見るとでかい。この人たち、よくこんなのを肉弾戦で倒したな。

「よくやったぞ、マサル！」

「すごいよ、マサルさん！」

「エリザベスもよくがんばったな」

　合流した俺たち二人をみんなで歓迎してくれる。

「ふふふん。わたしの考えた作戦のおかげね！」

　エリザベスはふんぞりかえっている。

　だが、そもそもあの自称、最強魔法で落とせていれば、ここまで苦労しなかったんじゃなかろうか。確かに強力な魔法だったけどさ。俺も最初の一撃外しちゃったから人のことは言えないけど。

　俺的には一番の殊勲者はあの盾の人だと思う。

　このドラゴンの攻撃を三度も正面から受けるとか、半端じゃない。盾の人はと探すと、いた。ドラゴンをぺたぺたと触っている。全身鎧《よろい》で顔もわからないが、立って動いてるから元気なのか？

　だが、左手の大盾は変形し、鎧は煤《すす》で真っ黒だ。

「あの、傷は大丈夫ですか？」

「ああ、ポーションは飲んだし、回復魔法も自分で少し使えるから、歩けるくらいには回復したよ。もう一戦やれって言われたらなんとかできるかな」

いやいや、無理しないで！

「魔力に余裕があるから、回復魔法かけますよ」

「お、そうか？　助かるよ。正直立ってるだけでも結構つらくってね」

やっぱりやせ我慢か。

【ヒール】【ヒール】【ヒール】これくらいで大丈夫だろうか？

ついでに浄化もかけて鎧をきれいにする。煤が取れて見えた鎧もところどころへこんでぼろぼろだった。

「おお、だいぶよくなった。鎧もきれいにしてくれてありがとう」

まだ完治してないのかよ！

慌てて【ヒール】【ヒール】【ヒール】追加で三回かける。

「うん、もう大丈夫だ。ありがとう。やっぱり治癒術師がいるといいね」

「わたしだって魔力が残っていればそれくらいできるわよ」

治療の様子を見ていたエリザベスが不機嫌そうに俺に言う。

「エリザベスは俺を抱えてフライを使ってたから仕方ないよ。俺とかほら、上のほうで一発撃っただけで、魔力あんまり使ってなかったし」

なんで俺、言い訳みたいなこと言ってんだろう？　エリザベスの仲間の人の治療してあげたのに。

ちょっと納得がいかない。

「そうよね！　ドラゴンを倒せたのもわたしのおかげなんだから！」

だがすぐに機嫌のよくなるエリザベス。ちょろい。

「他にも、怪我してる人いたらなおしますよー」

このままエリザベスの側にいると、また地雷を踏みそうだ。

数人怪我人はいたものの、盾の人ほど重傷者はいなかったようでさくさくと治療していく。死人がでなかったのは奇跡的だな。

あの最後のブレス、まともに食らっていたら果たして生き延びられただろうか。たぶんブレスで死なくても気を失って墜落死してた。

「軍曹殿、ブレスは連続で吐けないと聞いたのですが、最後のあれは……」

「うむ、そうだな。たぶん、かなり無理をして撃ったんだろう。あのブレスはだいぶ弱かった気がする。それにあのあとは一度もブレスを吐かなかった。地面に落ちたダメージのせいかもしれんが」

なるほど。最後っ屁《ぺ》ってやつか。本当に死ななくてよかった……

今更ながらいかにぎりぎりの生還だったか、実感が湧《わ》いて震えてきた。

「それと、このドラゴン。上位種かもしれないな」

「きっとそうよ！　わたしのメガサンダーを食らって耐えるなんてありえないわ！」

サンダー系の魔法には電撃による麻痺《まひ》効果もある。本来なら短時間、確実に行動が止まるはずなのだとか。

「上位種というのは？」

「文字通り、通常のドラゴンの上位にあたる種だ。より強く、賢明で、狡猾《こうかつ》だ。わたしはそう多くのドラゴンと戦ったことがあるわけではないが」

「そうだな。可能性はある。我々がこのサイズでこれほど手こずるはずもない」

そう言ったのは暁の戦斧《せんぷ》のリーダーだ。名前は忘れた。たしか鮮血のって通り名だった。二〇人も一気に覚えられないし。盾の人の名前はあとでエリザベスに聞いてみよう。

「帰ってからギルドで調べてもらわないとな。マサル、こいつを運べるか？」

うん、とうなずいてドラゴンを収納する。どんなにでかくても一枠で収まる。相変わらずのチートぶりだ。このサイズが入るなら家とか運べるかな？　そこらへんのでかい木はどうだろう。収納。だめか。地面に根が生えてるからかな。家も無理そうだ。さすがにそこまでチートじゃないか。

俺がアイテム収納を試していると、エリザベスがこちらをじーっと見ていた。なんだろう。また機嫌が悪くなったのか？

「やっぱりずるいわ。ねえ、それどうやってやってるのよ。ケチケチしないでわたしにも教えなさいよ！」

むう。本職の魔法使いが見るとやはり違和感があるのか？

ここはうまくごまかさないと。

「地道にやるんじゃなかったのか？」

「うぐ。地道にもやるわよ！　でもなにかヒントでもちょうだいよ！」

「うーん、前にも言ったけど、普通にやってるだけで特に何にもしてないんだけどなー。そういう才能？　向き不向きがあるんだよ」

「それは私が空間魔法に向いてないってことかしら？」

俺にそんなこと言われても……

「ほら、俺もエリザベスみたいなすごいサンダーとか使えないし。あれはすごかったな！　あんなの見たの初めてだよ。俺のほうが風魔法を教えてもらいたいくらいだ」

「う、そ、そう？　それほど言うなら教えてあげてもいいけど」

適当に言ってみたが相変わらずちょろいな。

なんか風魔法を習う流れになってしまったが、まあいいか。水も練習中だし、風もこれで覚えられたらあとは土でコンプリートだ！

「ぜひ！　お願いします。エリザベス先生。いや、師匠！」

「いいわ。たっぷり教えてあげる！　わたしは厳しいわよ！」

「はい、師匠！」

エリザベスはご機嫌だ。にっこにこしている。俺も気分がよくなった。美少女に色々教えてもらえる。しかも無料で！

きっとアンジェラみたいにナイフで迫ったりはしないだろう。勢いだけで決まったが、これはいい具合に話がまとまったな！

エリザベスと話してるうちに、宵闇《よいやみ》の翼の人たちもやってきた。

「巣と周辺を見てきましたけど、何もありませんね」

「お宝期待してたんだがなあ」

ドラゴンは巣に宝物を溜《た》め込む習性があるらしい。

「作ったばかりの巣だ。これから集めるところだったんだろう」

お宝ってどんなのか聞いてみた。

「そりゃあ、金銀宝石がざっくざくだよ。あいつら光物が大好きだからな。すごいのになると国が買えるほど溜め込んでるらしいぜ。いやー残念だな」


キャンプへの帰り、エリザベスがぺらぺらと風魔法について講釈をたれるのを聞く。

さすがは本職の魔法使いだけあって、役に立ちそうな知識も披露してくれる。だが、キャンプ地につく頃にはなんだが元気がなくなってきた。ちょっと足元が怪しい。

「ああ、体力が切れたんだな。今日はでかい魔法も使ったもんな」

そう後ろを歩いていた暁の戦斧のリーダーの人が話かけてきた。斧《おの》を装備した鮮血のなんちゃらさんだ。

「ほら、エリー。ちゃんと歩きな。それともおぶっていくか？」

「ナーニアがいい……」

はいはいと言いつつ、女戦士の人がエリザベスをひょいっとお姫様抱っこするとスタスタ歩いていった。あの女の人はナーニアっていうのか。

「君は元気だね。エリザベスは魔法を使いすぎるといつもああでね」

「俺も魔力使い切ったらあんな感じですよ。すっごい疲れるんですよね。今日は割と魔力に余裕あったんで」

「それにしても、今日はマサル君のおかげでずいぶん助かったよ。礼を言っておく」

「魔法一発当てただけですから」

「でもあれのおかげで地面に落ちて、もうふらふらだったからね。楽に倒せたよ」

「あれもだめだったらどうするつもりだったんですか？」

「そうだね。降りてくるたびに翼を攻撃してなんとか叩《たた》き落すってところかな」

「無茶じゃないですかね」

盾の人が死んじゃうよ！

「倒せないとは思わないけど、何人か死んだかもしれないね。だからね、今日は本当にありがとう。

みんなが助かったのは君のおかげだよ」

「でもエリザベスの考えた作戦、そのままやっただけですし」

「感謝してることはわかってよ」

「はい」

まあ俺も命がけだったのは確かだし。

「それはそうとマサル君、ソロなんだって？　どこかのパーティに入る予定はないのかい？　アリブールとは親しくしてるみたいだけど」

「いまんとこ予定はないです」

「じゃあうちなんかどうだい？　エリザベスも気にいったみたいだし。ちょうど魔法使いを探しているところでね」

暁の戦斧に入ればどれほど報酬が稼げるか。Bランクともなれば有名人。もてもてである。と、暁のリーダーの人は力説する。もう数回、大きな依頼をこなしたらAランク昇格もあるかもしれないそうだ。

でも暁の受ける依頼って、きっと今日みたいなのだよな。毎回こんなのやってたらそのうち死ぬ。エリザベスも躊躇《ちゅうちょ》なくドラゴンに突っ込んでいったし、この人たち、命が惜しくはないんだろうか。

やはり命を大事にの方針は守るべきだろう。

「俺にはちょっと荷が重いですかね。今日だって死にそうな目にあったし、当分は危険な依頼はやりたくないなと」

「そうかい？　気が変わったらいつでも知らせてよ。マサル君ならやっていけると私は思ってるよ」

キャンプにつくと、ラザードさんに呼ばれた。

「マサル、ドラゴン出してくれよ」

何するんです？　と聞きながら開けた場所に移動してドラゴンの死体を取り出す。

「もちろんドラゴンステーキだ！　ドラゴンを倒したらやっぱりこれがないとな！」

「いやいや、ドラゴンの肉はやはりシチューが絶品で」

「食べるの初めてなんですよ、楽しみだなあ」

わいわい言いながらドラゴンの一部を切り取っていく。ドラゴンステーキか。某ゲームだと定番だったたな。ちょっと楽しみだ。どんな味がするんだろう。

「味もさることながら、強いモンスターの肉を食べると、その強さを体に取り入れられるという説があってな。ドラゴンの肉は最高級品だな」

そう軍曹殿が解説してくださる。

「実際のところはわからんが、信じている人も多い」

ステータスを見ればわかるだろう。食べたあと確認してみよう。


料理が開始され、誰かが酒を出してきた。

殴り合い寸前まで議論が白熱した結果、ドラゴン肉はステーキとシチューの両方を作ることになったようだ。まだ危険な森の中だと思うんだけど、酒盛りとかしてていいのか。

「ドラゴンの巣があったから、この近くにはめぼしいのはもうおらんだろう。午前中の調査でも何もいなかった。それに宵闇の翼が見張りをかって出てくれてな」

多少はめを外すのはかまわんだろうと、軍曹殿。そういえば宵闇の姿が見えない。

なるほど。ドラゴン戦でいいとこがなかった分、働いてるのか。そういうことならと、アイテムからお酒を取り出し振る舞う。軍曹殿にもお酒を勧めるが、丁重に断られた。

まだ任務中だということなのだろう。さすがだ。


ドラゴンステーキが焼けるのを座って眺める。大きな肉の塊が串にさされて火にかけられている。時々こげないように向きが変えられる。肉からは脂がしたたってジュージューいっている。

「楽しみだなー。ドラゴンの肉が食えるとか、冒険者やってて本当によかったよ」

肉が焼けるのを一緒に眺めているクルックが言う。

「普通は食べられないのか？」

クジラくらいのサイズがあるんだから、肉も大量に取れそうなものなんだが。

「無理だな。金持ちや貴族が全部持っていっちまって、こっちまで回ってこないんだよ。マサルは食べたことあるのか？」

「ないな」

ドラゴンなんてファンタジーな生き物は日本にはいないし。

「だろ？　こんな機会滅多にないぞ」

これはぜひともアンジェラちゃんにお土産で持って帰らねば。きっと大喜びだ。

「これもマサルががんばってくれたおかげだな」

隣でうんうんとシルバーがうなずいている。

「お前ら、あの時何してたの？」

ふと疑問に思って聞いてみる。ドラゴンが落ちたあと、とどめを刺しにいった中には見かけなかった気がする。

「え、援護を……」

目をそらしてクルックが言う。

なるほど。恐ろしくて突入はできなかったんだな。わかる。わかるぞ。

「マサルはよく突っ込んでいけたな」

シルバーが言う。それは違うぞ。無理やり突っ込まされたんだ。許されるならお前らと一緒に後ろで震えていたかったさ。

「エリザベスがやるって言ってるのに俺だけ逃げられないだろ？」

ちょっと格好をつけて言う。実際のところは、ロープでくくりつけられ逃げられないように輸送されてただけなんだが。

「マサルはすごいな。ラザードさんはそのうちできるようになるって言ってたけど……」

俺は一〇年経ってもドラゴンに突入できるようになるとは思えない。

「そのうちできるの？」

「いや無理だろう」

「無理無理」

「だよなー」

よかった。俺の感覚がおかしいってわけでもなかったようだ。こちらの冒険者は育つとみんな、ラザードさんみたいになるとかだったらどうしようかと思ったよ。

クルックとシルバーと雑談しながら待っていると、焼けた肉が切り分けられて差し出された。用意していたお皿で受け取る。肉汁がしたたっていてとてもいい匂《にお》いだ。

少し離れたところではエリザベスも肉をもらってる。

殊勲者の魔法使い二人に最初にってことだろうか。エリザベスを見ると幸せそうな顔をして食べていた。さっきまで体力が切れてぐったりしてたのが嘘《うそ》のようだ。

それを確認して一口かじってみる。初めての食材を食べるのは勇気がいるのだ。

塩と何かのスパイスで軽く味付けされたドラゴンの肉の味が口いっぱいに広がる。鶏肉に近いだろうか。やわらかくてジューシー、滋味あふれる味は、今まで経験のしたことのない味だ。最高級地鶏とか神戸牛とかって食べたことないけど、こんな感じなんだろうか。

「うまいぞ、これ」

こんな貧相な感想しか言えないのが我ながらちょっと悲しい。

「なんていうか、ドラゴンの肉って感じだ」

「まんまじゃねーか！」

クルックに突っ込まれる。

「ええと、まったりとしてしつこくない。それでいて口の中で味が鮮烈に広がり、のどごしも柔らか」

「おおー」

「すげー」

グルメ番組風に適当に言ってみたが、それでなぜか納得してもらえたようだ。

「おう、お前らもうちょっと待て。肉はたっぷりあるからな」

ラザードさんの言うとおり、すでに次の肉が火にかけられている。

「マサルー、シチューがそろそろできるって！」

大きな声でエリザベスが呼びかけてきた。いつの間にかシチューを作ってる所へと移動している。

結構大きい塊をもらってたのに、もう平らげたのかよ。

「エリザベスさんってさ」

「うん」

「フード取ったらかわいいよな」

「うん」

クルックの発言にシルバーが同意する。

俺もドラゴンステーキを頬張りながら黙ってうなずく。

「仲良くなったの？」

クルックが俺を見ながら言う。

「あれは俺に惚《ほ》れてるね」

「いや、それはないな」

「ないない」

「即座に否定することはないだろ!?」

ちょっと傷ついた。

「ほんとうは今度、風魔法教えてもらえることになってさ」

「なんだと！　いくら払ったんだ!?」

「いや払ってねーし」

「じゃあタダってこと？」

「何それ羨《うらや》ましい」

そういえばアンジェラには結構なお金取られたな。普通はお金取るんだろうか。

「現役Bランクの魔法使いに教えてもらうとか滅多にあるもんじゃないぞ」

適当におだてたらあっさり教えてくれることになったんだけど。

「ふーん？　とりあえず俺はシチューのほうに行ってエリザベスと交流を深めて来るわ」

「あ、お前!?」

野郎と食べるよりかわいい女の子と食べるほうが、食事は美味《おい》しいに決まっているのだ。

「肉、まだ焼けてないけど一緒に来る？」

「ぐっ」

十分な量があるとはいえ冒険者たちの食欲もかなりなもので、ちゃんと焼けるのを待っていないと食いっぱぐれないとも限らない。

迷っている二人を放置して、エリザベスのほうへと向かう。エリザベスはもうシチューを食べていた。

「あら……マサル……これも……おいしい……わよ」

「うん、わかったから。ちゃんと食べてから言おうな」

自分の器をさし出して、シチューを入れてもらう。

ちなみに食器とかは全部自前で用意しないと下手したら手づかみになる。鍋なんかはパーティごとに最低一個は持ち運んでおり、このシチューの大鍋はエリザベスのところの提供だったはずだ。

「シチューにしたのもうまいな」

ごろっとしたドラゴン肉と何かの野菜が入ってるだけの透明な、シチューというよりスープのようなものだが、出汁《だし》がよく出ていて汁だけでも美味しい。

もちろんドラゴン肉も柔らかく煮えていて絶品だ。これはカレーに、いやカツにして食べたらきっと美味《うま》いんじゃないだろうか。

「滅多に食べられないんだから、味わって食べなさいよ」

「師匠は食べたことあるの？」

「もちろんよ。ドラゴンは何度か倒してるし」

「今日みたいなのを何度も？」

「こいつはちょっと手強かったわね。いつもはもっと簡単よ」

いつもは魔法の一撃で決まってしまうそうで、今回のは特別手強かったという。

「だから、その……マサルが居てくれて助かったわ」

そう言うとエリザベスはぷいっと横を向いた。顔が赤くなってるように見えるのは焚《た》き火の照り返しだろうか。

「あ、うん」

今のはお礼を言われたのかな？　たぶんそうなんだろう、そう思うことにしておいた。

その夜はステーキもシチューもたっぷりと堪能して酒を飲んで寝た。ステータスを見たが、ドラゴンステーキで特にステータスが上がるってこともなかった。

第19話　魔王と勇者と

あくる日、町への帰途についた。

俺は暁の戦斧《せんぷ》のパーティに混じって歩いている。出発前にエリザベスに捕獲されたのだ。

弟子なんだから師匠の側《そば》についていてなさい！　とのこと。

軍曹殿のお許しを得て、エリザベスの後ろを歩いてるわけだが、やはりすることはないわけで。

経験値ゲットのチャンスだぜ！　と思ったんだが、行きと同じルートゆえ、すでにモンスターは駆逐済み。出ても先行している宵闇《よいやみ》の翼が倒してしまう。

暇だったが、行軍中はわきまえてエリザベスもあまり話しかけてこない。休憩中は何かと面倒をみようとしてくるが。弟子ができたのがよっぽど嬉《うれ》しいようだ。


彼女はすでに四年ほど冒険者をしているベテランらしい。

一四で冒険者になって今は一七歳。すでにかなりの修羅場もくぐっているんだろう。

ドラゴン戦のときもかけらもびびってなかったもんなー。

目標はSランク冒険者になることらしい。Sランクってすごいの？　って聞くと馬鹿じゃないの！　って言われた。

曰《いわ》く、英雄。莫大《ばくだい》な富と名誉。貴族になり領地をもらえたり、国に仕えて出世したり。人々のあこがれである。冒険者となったからには目指さないでなんとするのか。

でも危険なお仕事なんでしょう？　って思ったが口には出さなかった。また怒られそうだ。

俺の今の優先順位は、
1、二〇年生き延びる
2、ハーレムを作る
3、世界の破滅の回避
この三点である。冒険者だとかSランクだとかはどうでもいいのだ。


世界が破滅すれば生き延びることもハーレムもないんじゃないかと思うだろうが、俺はなんとかなると思ってる。チートを駆使すれば一人生き延びることくらいできると思うんだ。いざとなったら何もかも見捨てて逃げればいい。

とりあえずはいかに安全を確保しつつ、スキルポイントを稼ぐかだ。どこかにメタルな足の速いモンスターが出てくるような狩場はないだろうか。

とにかく、当分はドラゴン討伐なんて物騒な仕事はごめんこうむりたい。そう切に願う。

昼の休憩に投げナイフの練習をしていると、エリザベスが面白いものを見せてあげると言ってきた。

「このナイフ、つぶしてもいいわよね？」

投げナイフは二〇本ある。

エリザベスはすぐ近くの木に向かってナイフを構え、魔力を込めて投げた。投擲《とうてき》術持ちの俺からすれば、下手で見れたものではなかったが、木には命中し、そして刃の根元までめり込んだ。

「!?」

どう見ても今のは、ナイフの刃が根本まで全部木に刺さるほどの勢いじゃなかった。

驚いた俺を見てエリザベスは満足げだ。木にささったナイフを引っこ抜いて見せる。刃がぼろぼろになっていた。

「今のが風の魔法剣よ。見てのとおり、普通の武器でやるとあっというに壊れるわ。けど接近戦の弱いメイジの切り札になるわよ」

俺は剣術レベル4があるから接近戦も得意なんだが、今のは確かに使えそうだ。

「火魔法でもできるかな？」

「いけると思うわよ。投げないでやってみなさい。そのほうが正式だから」

刃のかけたナイフに魔力を込めていく。火をまとわせ、切る！　木はバターのようにすっぱり切れ、あとに焦げた切り口が残っていた。刃はさらにぼろぼろになったが、これはいい。使える！

「雑ね。そんなに魔力を込めたら、普通の剣のサイズだとあっという間に魔力が切れるわよ」

今度は慎重に、魔力を入れすぎないように。ナイフを振るう。パキッと音がしてナイフが折れた。

三回振っただけでこれか。

「魔法剣に使える金属はミスリルやヒヒロイカネ、オリハルコンなんかが有名ね。でもすごく高いわよ。小さいナイフでも一万以上はするんじゃないかしら。やるなら使い捨ての武器を用意することね」

魔法剣か、なんて中二テイストあふるる技なんだ！　ぜひ、使いこなせるように練習してみよう。

「さすが師匠。すばらしい魔法です」

エリザベスはそうでしょうそうでしょうとドヤ顔である。


野営地には特に何事もなく到着。

夕食後はエリザベス師匠の魔法の講義である。

なぜかクルックとシルバーも混ざっている。魔法を教えてもらいたいようだ。エリザベスも別にいいと言うので一緒に風魔法を教えてもらう。

風魔法も他の系統と変わらない。要はイメージだ。すぐに風魔法は使えるようになった。団扇《うちわ》であおいだほうが早いくらいのそよ風だが、とりあえずは成功だ。

「うははは。見よ、これが風魔法だ！」

うんうん唸《うな》っているクルックとシルバーにそよ風を当ててやる。決して苦労している友人を馬鹿にしてるわけではない、風魔法を見せてやろうという親切心なのだ。

「ほら、マサルも人のこと言えないでしょう。そんな威力じゃ羽虫も殺せないわよ」

確かに。水魔法もそうだったが、使える段階から実用レベルにするのが大変なんだよな。

「フライを覚えたいんですけど」

そう師匠に希望を述べてみる。

「あれは少しレベルが高いわね。最初はエアハンマーを覚えなさい」

水球の風版みたいなやつか。

まずはエリザベスに実演してもらう。的は俺の体だ。木にあててもらったが、風が目に見えないのでいまいちよくわからない。エリザベスにそう言ったら体で試すといいと言い出した。

「いいか？　絶対に手加減してくれよ？　ほんとに頼んだからな」

「大丈夫よ、任せなさい」

エリザベスはニヤニヤしており、とても説得力がない。魔法を詠唱しはじめる。

「エアハンマー！」

腹にずっしりとした衝撃が来る。ぐっとうめいて思わず膝《ひざ》をつく。

鎧《よろい》の上からでも痛い……ほんとに手加減したのかよ！

この世界の女はなぜ魔法を教えるのに、いちいち俺の体を痛めつけるのか。【ヒール（小）】を念のためかけておく。

「本気でやったらそんなもんじゃないわよ。吹っ飛んでアバラもばきばきね」

これは思ったより凶悪な魔法だ。見えないので避《よ》けようがない。

「魔法を防ぐにはどうすればいい？」

「詠唱中につぶすか、避けるか、防御魔法ね。ルヴェンみたいに盾を持って重装備で耐えるって手もあるわ」

ルヴェンっていうのは盾の人のことだ。鉄壁のルヴェン。格好いいよな！

「避けられるの？　エアハンマーとか見えないんだけど」

「わたしは無理だけど、避けられるみたいよ。魔力や動作を見て、予測するらしいんだけど。うちのリーダーあたりだとひょいひょいかわすわね」

「防御魔法というのは？」

「そうね。ちょっと火魔法の弱いので攻撃してみなさい」

エリザベスはこちらに杖《つえ》を突き出し構えている。魔力が発動してるのはなんとなく感じられた。

恐る恐る弱い【火矢】をぶつけてみると、エリザベスの手前で何かに阻まれた。

「エアシールドよ。ちょっとした攻撃ならこれで防げるわね。あのドラゴンのブレスくらいになると防げるか怪しくなってくるけど」

「火魔法で……」

「無理ね」

あっさり否定された。

「火魔法は攻撃に特化しているから、防御ってのは聞いたことはないわね。せいぜいファイヤーウォールくらいじゃない？」

あれは壁って名前ついてるけど、何かを防げるってもんじゃないからなあ。

「防御なら土魔法ね。ストーンウォールなら防御力は高いわよ」

これもエリザベスが実演してくれる。エリザベスの詠唱によって高さ一メートルくらいの土壁ができあがった。

「土はあまり得意じゃないからこの程度ね。がんばればもっとしっかりしたのも作れるけど」

土魔法か。やっぱり魔法は全種類コンプリートだな。

「でも、あまり浮気をするのはオススメしないわ。わたしは四系統とも使えるけど、上級まで使えるのは風のみね。色々やってると器用貧乏になるわよ」

「他の系統は知らないか？　精霊とか召喚、光に闇」

空間魔法は聞かないでおこう。きっと藪蛇《やぶへび》だ。

「精霊はエルフが使う魔法よ。わたしはわからないわ。召喚と闇もよくわかっていない魔法ね。記録に少し残っているくらいかしら。光は勇者が使ってた魔法系統で、魔族やアンデットに効果があるらしいわね。神殿の神官なら何か知ってるんじゃないかしら」

いま何か不穏な単語が出てきたぞ。勇者に魔族。魔王とかも、もしかしているのか？　世界の破滅を救うため、魔王を倒せとか嫌すぎる。

「あの、勇者と魔族っていうのは……」

「昔話よ。魔王がいて、勇者が倒した。何百年前の話ね。もう魔王はいないし、魔族も魔境からは出てこないわ。勇者の活躍は物語になっていてね。面白いわよ。小さい頃何度も読んだわ」

よかった、魔王はいなかったんだ。でも復活とかしてないだろうな？　不安になってきた。

「魔王はもういないのか？」

「うーん。勇者の物語の大部分は実話だと証明されてるんだけど、魔王のくだりは魔境での出来事で、勇者と仲間しか知らないのよね。だから他の人は誰も見たことがないの。そのせいで魔王の存在を疑問視する人もいるわね。わたしは信じてるけど」

えらく詳しいですね。

「わたし、勇者にあこがれて冒険者になったのよ！　勇者の仲間の魔法使いは風メイジでね。わたしも話のような冒険がしてみたいわ。魔王、また出てこないかしら」

物騒なこと言うな！　その日はこのあたりで講義がお開きとなった。


それにしても精霊とか召喚、光、闇あたりはレアなのか。

そのうち取ろうと思ってたんだけど、これは考えないとな。有用でも目立ちたくはない。ポイント消費も大きそうだし、先に四属性魔法だな。36Ｐもあるし、土だけでもとっちゃうかな。でも昨日みたいなこともあるし、ある程度ポイントも残しておきたい。スキルリセットは一ヵ月使えないし。


メニューを開いてスキルを確認する。

スキル　36P

剣術レベル4　肉体強化レベル2　スキルリセット　ラズグラドワールド標準語
生活魔法　時計　火魔法レベル4
盾レベル2　回避レベル1　槍術《そうじゅつ》レベル1　格闘術レベル1　体力回復強化　根性
弓術レベル1　投擲術レベル2　隠密レベル3　気配察知レベル2
魔力感知レベル1　回復魔法レベル3　コモン魔法
高速詠唱レベル5

スキルリセットは暗転している。使えないってことだろう。剣術を5にするには10P。剣術と肉体強化にポイントを振るのも手っ取り早やそうだが、今日のドラゴン戦をみて、前衛をしようだなんてとても思えない。ここは後衛方面に進むべきだろう。

火魔法レベル5は20P。あとは敏捷《びんしょう》アップなんかどうだろうな。動きが早くなれば回避もうまくなりそうだ。忍び足も取り直しておきたい。

それと土魔法。レベル3までなら10Pで取れる。毎度のことながら迷うな。うん、これは帰ってからまた考えよう。明日できることは明日やればいいのだ。

第20話　かわいい神官ちゃんの祈り

翌日、森を抜け、街道を歩き、町へと無事たどり着いた。

すでに午後半ばということで、本日は簡単な報告のみで、明日また集合ということになった。俺と軍曹殿はドラゴンの件で居残りだ。

「聞いたぞ。大活躍だったみたいだな！」

ドレウィンに報告に行くと、今日はティリカちゃんも一緒だ。いつもながらぼんやりした顔をしてドレウィンの斜め後ろに立っている。

「死ぬかと思いましたよ」

「ドラゴンとやってその程度ですんだのは幸運だぞ！　なかなかいい経験になっただろう？」

まあ参加すると決めたのは自分だし、文句も言えない。

「そうですね。でも当分はごめんですよ」

「しばらくはゆっくりして報酬で楽しむといい。色々とな！」

そうですね。色々と。

ギルドの裏手から出て大きい倉庫に案内される。冷蔵倉庫か。冷え冷えだな。他にも数人みたことのない人が同行している。

「ここでいい。ドラゴンを見せてくれ」

アイテムからドラゴンを取り出す。

「おお、なかなか立派なドラゴンじゃないか。これならいい値段で売れるぞ！」

同行していた人たちがドラゴンに群がる。

「こいつはここで調べたあと、解体されてセリにかけられる。告知してからだから数日後だな。ドラゴンの素材の分の報酬はそのあとになる。その他の報酬については明日だな。討伐報酬に関しては受付でギルドカードを見せればいつでも渡す」

「お土産用にドラゴンの肉をわけて欲しいんですが」

「そうだな。おまえには一割の権利と、討伐分の分け前がある。一〇〇キロくらいでいいか？」

一〇〇キロはちと多い。半分くらいにしておこうか。

「じゃあ五〇キロ分くらいでお願いします」

肉が切り分けられるのを待っていると、「肉」と、ティリカちゃんがつぶやく。ティリカちゃんはいつの間にか俺の横に来ていた。

「ん？」

「ドラゴンの肉」

もう一度、こっちをみながらさらにつぶやく。もしかして食べたいのかな？　ドラゴンステーキ美味《おい》しいからな。

「えっと、肉が食べたい？」

こくりとうなずく。正解だったようだ。

「あー、それじゃあ今度料理するときに招待するね。それでいい？」

「いい。楽しみにしてる」

ティリカちゃんとお食事会だ。

宿は使えないし、これはますます家を手に入れねばならない理由が増えたな。

「よかったなあ、ティリカ！　たっぷりご馳走《ちそう》してもらうといい！」

うなずくティリカちゃん。食いしん坊キャラだったのか、この子。


肉を受け取り、ギルドを後にする。肉は二等分して陶器製の容器に入れてもらった。

この異世界、当然ビニールやプラスチックなんかはない。食べ物を入れるのは木箱か陶器、あとは植物で編んだ籠《かご》や、大きな葉っぱなどである。弁当なんかは葉っぱで包むことが多い。

紙はあるものの、それなりに値段がするので包装紙には使ったりしない。それで特に不便は感じないし、ほっとけば土に返るものばかりなので、進んだエコ社会と言えるんではないだろうか。


孤児院に向かう。このくらいだと夕食の準備してるくらいかな。

ドラゴン倒したっていったら子供たち驚くだろうな！

現物を見せてやりたかったが仕方ない。鱗《うろこ》も一枚もらってきたし、それで我慢してもらおう。

孤児院につくと、やはり夕食の準備中だった。子供たちに目ざとく見つけられ、囲まれる。

「兄ちゃん、おかえり！」「ねえ、お土産は！　お土産！」「肉！　肉！」「剣かっこいい！　剣みせて！」「肉！　肉！」

そういえば町中だといつも腰の剣のみで、フル装備でここに来るのは初めてだな。

「よしよし、少し離れてろよー」

背中の剣を抜いて見せてやる。

「すっげー！　黒い剣！」「カッコイイ！」

好評である。

きれいなもんだろ？　これ、一度も実戦で使ったことがないんだぜ？

騒いでるとアンジェラちゃんが出てきた。

「ただいまー。無事かえってきたよ」

「マサル！」

アンジェラちゃんは走り寄って抱きついてくるってこともなく、普通に挨拶《あいさつ》されただけだった。

でも俺を見て嬉《うれ》しそうな顔をしてくれた。それだけで十分だな。

「それで調査隊はどうだったの？」

中に案内され、食堂のテーブルにつき話をする。

「行きと帰りはすごく退屈だった。BランクとCランクのパーティが先行しててね。モンスターはその人たちが全部倒しちゃうんだ。まさしく護衛付きの森林ツアーだったね。一回だけオークの集団がいたけど、魔法を二、三発撃っておしまい。楽なもんだよ」

「そう。危ないことがなくてよかったよ」

「ほんとそうよねー。アンちゃんなんか、マサルちゃんのこと心配して毎日お祈りしてたのよー」

と、シスターマチルダがやってきて言う。

「な!? し、心配なんか……その……」

アンジェラちゃんが真っ赤になってる。

そうか、きっとドラゴン戦での死亡フラグが折れたのは、このかわいい神官ちゃんのおかげだったんだな。アンジェラちゃんのお祈りなら、それはそれは霊験あらたかだろう。

ちょっとじーんときた。なんていい子なんだ。


こんなにかわいいアンジェラちゃん。さぞかしもてるんだろうと思い、別の日にシスターマチルダに聞いてみると、「そりゃーもてるわよー。ファンは多いわね」とのこと。

神官で白衣の天使で保母さんで美人。

なんで男の影がないのか。下心満載で近づく野郎にはもれなく、元神殿騎士で鬼のように強い司祭様の鉄槌《てっつい》が下される。

俺はというと、背も低く、童顔だったので子供だと思われてたようで、そのうちにここの人や子供に気に入られたと。治療院の手伝いも何度かしたこともあるし。閑話休題。

「そっか。心配してくれてたんだね。これはちゃんとお礼をしないと」

「はいこれ、お土産」

アイテムから木箱に入ったドラゴンの肉を机の上に出す。二五キロ分だ。

「そんなに気を使わなくてもよかったのに。これ、何のお肉？」

「ドラゴン」

「ふぁっ!?」

肉をつつこうとして固まるアンジェラちゃん。

「ドラゴンの肉。いやードラゴンは手強かったね」

「ほんとうに？　でも危ないことはないって。ああ、そうか。他の人が倒してくれたんだね？」

へー、これがドラゴンの肉かあ、と言いながらためつすがめつ肉を見る。

何故《なにゆえ》にそんな結論になるのか。これは俺も戦ったとしっかり教えておかないといけないな。

「いやいや、大活躍だったですよ？　俺の火魔法が炸裂《さくれつ》！　地面に墜落するドラゴン。落下でダメージくらったドラゴンを倒すのは楽勝だったね」

「楽勝って、小さいドラゴンだったの？」

倒したの俺じゃないけど。

「でかかったよ。一〇メートル以上はあったな」

「そんなのと戦ったの？　マサルが？」

「そりゃあもう戦いましたとも」

「危ないことなんかないって言ってたのに、命がけじゃない……」

「荷物持ちだから別に戦わなくても言いって言われたんだけどね。でもね。ドラゴンが飛べばここまで半日くらいなんだよ。倒しておかないとこの町が危ないって言われて」

信じて欲しい。莫大《ばくだい》な報酬に目が眩《くら》んだわけでは断じてないのだ。

「マサル……」

ちょっといい雰囲気な気がしないでもないが、周りには遠巻きに子供らが一杯である。

これで二人きりだったら、どうにか……どうにか？　無理か？　無理だな。二人きりとかどうしていいかわからんかった。

「でもほら。俺は魔法使いだからね。離れたところから魔法を撃って、飛んでるドラゴンを叩《たた》き落としたら、あとは前衛の人任せだったし。一緒だったBランクの人たちはドラゴンの討伐経験があるって言ってたし、さすがに怪我人は少し出たけど、みんな軽傷だったから」

盾の人、六回分のヒールで完治とか、かなり重傷だった気がしないでもないけど。

「それよりも、このドラゴンの肉。戦闘が終わったあと、皆で食べたんだけどね。すっごく美味しかったよ」

「でもいいの？　こんなにもらって。ドラゴンの肉って超高級品だよ」

「いいのいいの。まだ俺の分もとってあるから。大活躍だったからね。分け前もいっぱいもらえるんだ」

「でもどうやって食べよう。ドラゴンの肉なんて料理したことないよ」

「そのままステーキで焼くかシチューがいいって。どっちも絶品だったよ」

「ステーキにシチューか……あ、みんな！　お兄ちゃんがお土産持ってきてくれたよ！　ドラゴンのお肉だ！」

ああ、あれは忘れずにやるんだね。子供たちがあつまってきてお礼を言う。

「「「お兄ちゃん、ありがとー」」」

うん。やはりこれがないとな。


そのあとは夕食をお呼ばれし、食後、中庭に出て子供たちに大自慢大会である。


「そのとき、風メイジとともに俺は空に飛び立ち、ドラゴンを追いかけた。逃げるドラゴン、追いかける俺たち二人。ついに詠唱が完了し、エクスプロージョンがドラゴンの翼に炸裂した！　翼をもがれ落下するドラゴン。だがやつは最後にこちらに向けてブレスを吐いた。俺はとっさに……」

子供たちはきらきらした目で話を聞いている。うむ、楽しいぞ。ちょっと話は盛ったがそれくらいいいだろう？

「そしてこれがドラゴンの鱗だ」

鱗を取り出し子供たちに見せる。

「うおおおおおお」「ドラゴン！　すげー！」「すげー！　にいちゃん！　にいちゃん！」

うははははは。いいぞ、子供たち。もっと俺を称《たた》えるがいい！

アンジェラちゃんも感心した顔で話を聞いている。これでちょっとは見直しただろう。どうも弱そうに思われてるからな。まあチート取ったらこの子供たちと変わらんくらいなんだろうけど。

アンジェラちゃんに手を振られ、機嫌よく孤児院を後にする。

アンジェラちゃんはやっぱりかわいいな。すっかり暗くなった道を歩きながら考える。

子供たちにこっそり聞いたところによると、お付き合いしてる男性はいないようだし、ぜひ仲良くなってみたい。

脈はありそうな感じはするんだけど、そもそも俺は女性経験皆無だからなあ。アンジェラちゃん、誰にでも優しいだけかもしれないし、ここはじっくりと慎重に行ったほうがいいな。


気分よく、いつもの宿に戻って明日のことを考える。

報酬をもらったらまずは家探しだな。異世界にも不動産屋ってあるんだろうか。

なにげに、一人暮らしは初めてだ。宿は一人暮らしって感じじゃないしな。家事は苦手だが、料理はそれなりにできる。庭のある家がいいな。家庭菜園とか作ってみたい。そしてメイドさん！

奴隷商の場所は聞き出してある。アンジェラちゃんも気になるけど、まずはこっちだ。

いかん。わくわくが止まらない！

その夜は日誌を書いた後、色々妄想にふけっているうちにいつの間にか寝てしまっていた。

第21話　ドラゴン討伐の報酬

翌日、ギルド。

大部屋に全員が集合してまずは戦利品の分配である。

ドレウィンとティリカちゃんも立ち会っている。アイテムから順番に獲物を出し、確認していく。

だいたいの獲物は宵闇《よいやみ》か暁が倒しているので、手間がかかったのはオークくらいだ。ギルドカードを照会して、配分を決めていく。分配された獲物はどんどん運び出され換金されていくんだろう。

次はドラゴンの分配会議である。誰がどのくらい活躍したか？　配分をどうするか？　決めなければいけない。とりあえず輸送分で一割は確定しているし、戦闘面でも活躍したことだし、これは期待してもいいだろう。

まずはドラゴンとの戦闘について詳細に語られる。

何人もの証言により、事細かに記録されていく。次はその記録を元に、分配会議だ。やはり活躍した順は俺とエリザベス、暁、アリブール、ヘルヴォーンの順だ。

どの部分がどの程度の比率なのか？　激論が戦わされる。俺は気配を殺して黙って聞いていた。

退屈だ。もう適当でいいので帰ってもいいだろうか。家を探しに行きたい。

だが、真剣に議論している冒険者たちにそんなことは言えるはずもなく、踊る会議を眺めるのみ。

ティリカちゃんも会議室の端のほうで、無表情で会議を聞いている。こういう会議、あとで揉《も》めるといけないので真偽官は歓迎される。嘘《うそ》とか言うとすぐばれちゃうからね。

ようやく各人の満足の行く結果が出たようだ。それを元に、報酬を計算していく。

まずは依頼報酬200ゴルド×五日分で1000。荷物の輸送報酬の一割が、3280。ドラゴン討伐参加に対する報酬が2000。オークの討伐報酬が50×九匹で450と素材で1200。で、最後にドラゴン討伐成功の報酬で30000。合計37930ゴルド。これにさらに後日、ドラゴンを売った値段が加算される。

命がけではあったが、魔法一発当てただけで三万ゴルドである。思ったよりいい報酬に喜んでいたら、これくらいが妥当なんだそうだ。

もし町にあのドラゴンがやってきたら？　被害は一〇人や二〇人じゃ済まないだろう。

建物の被害がどれほどになるか予想もできない。事前に察知できて退治できたのは運がよかった。むしろ報酬は安いほうだ。あのドラゴンがどこかで暴れて賞金でもかけられるともなると、報酬はもっと上がるだろう。

だがそれにしても37930ゴルドである。資金はほぼ倍。じゃらじゃらとコインを受け取り、アイテムに投入し金額を確認する。69879ゴルド。クルックによると奴隷の値段は四、五万くらい。

余裕で買える！　買えるよ!!

家は賃貸ならそんなにかからないだろう。ドラゴンの売却のほうも期待できそうだし、いっそ一人と言わず二人でも……


受付のおっちゃんに不動産屋のことを聞くと、商業ギルドのほうで紹介してくれると言う。そちらへ行こうとすると、エリザベスに捕まった。

「ちょっと、マサル。お待ちなさい！」

目敏《めざと》いな。隠密発動してるのに見つかるとは。ちなみに町に戻ってから忍び足は取り直してある。ないとなんか不安だったから。

「暇ならついてきなさい。魔法の特訓をするわよ！」

練習ではない。特訓である。なにやら不吉な響きだ。

「このあとは家を見に行こうかと……」

「家？　買うの？　借りるのね。いいわね。わたしもついて行くわ」

「わたしもよろしいですか？　マサル殿」

エリザベスの後ろに女の人が立っていた。

顔を見て思い出す。暁の女戦士の人だ。たしか名前はナーニア。

普段着だったから一瞬わからなかった。肩くらいまであるウエーブした赤みがかった髪。ズボンをはいた男装っぽい服装だが、背が高くモデル体型で、出るところが出ているのでとても女性的だ。腰に剣をさし、実に精悍《せいかん》な印象だ。顔も洋画のヒロインでもできそうな美人で、さぞかし女性にもてそうだ。

お姉さま！　って呼ばれるタイプだな。

「ええ、構いませんよ」

これはきっとデートってやつだよな。彼女いない歴＝年齢の俺に訪れたモテ期に違いない。

伊藤神《いとうしん》よ、ありがとう。今日は日誌に感謝の言葉を書いておこう。


お隣の商業ギルドで不動産屋の場所を聞く。割と近くだ。商業ギルドを出たところで、突然エリザベスが言った。

「マサル、あなたちょっと服が野暮ったいわよ」

効果はばつぐんだ！　俺のハートは大ダメージを受けた。

「ね、ナーニアもそう思うわよね？」

エリザベスがナーニアさんにも同意を求める。

この女、自分は黒いローブにフードのくせして、なんてことを言いやがる。エリザベスは町中でもフードをすっぽり被ったままだ。怪しいことこの上ない。

「え、ええ……ちょっとその、安っぽいかなと思わないでもありません」

ナーニアさんが困りながら返答している。言葉は選んでいるがおおむね同意のようだ。

スタイリッシュなナーニアさんに言われて、泣きたくなった。たしかにこの服は安い。こっちに来て最初に古着屋で買って以来、使ってる服だ。

「そんな貧乏臭い格好で家を探しにいったら舐《な》められるわよ！　さきに服を買いましょう。お金はたっぷりあるでしょ」

「そりゃお金はあるけど。服はエリザベスのほうが必要なんじゃないか？」

こいつの黒ローブ以外の姿は見たことがない。

「わたしの格好に何か文句でも？」

「格好ってただの黒ローブじゃん」

「この下はちゃんとしたのを着てるわよ」

「へえ？」

「見なさい！」

いきなりローブの前をはだけるエリザベス。

痴女か!?　そう思ったが、中身は普通の服だった。

仕立ての良さげな白いシャツに、黒のスカート。胸は……AかBカップくらいだな。アンジェラちゃんに比べるとちょっとさみしい。

「どう？　わたしはきちんと……？　ちょっと。どこ見てるのよ？」

「え？　あ、見てません」

やばい。思わず胸のあたりに目がいったのバレた？

「……まあいいわ。これでわかったでしょ？　だいたいね。このローブは伝統ある魔法使いの服なんだから！」

「そんな格好の人、町でも見たことないですが」

実際のところ、ローブ姿のメイジっぽい人はいるものの、ここまで怪しい格好のやつは見たことがない。

「勇者の仲間の魔法使いがこの格好だったの。本の挿絵でみたから間違いないわ！」

挿絵ってなんだよ！　コスプレか？　コスプレなのか!?

だがエリザベスは、黒ローブに並々ならぬこだわりがあるらしい。

聞いてもないのに、黒ローブの良さについて語りだす。値段がどうの、材質がどうの、魔法がかかっていて防御力もいい。ステキでしょ？

「はい、素敵ですよ。エリー」

ナーニアさん、甘やかしすぎじゃないですか……


服屋に連れて行かれて、あーだこーだと試着させられる。色々と疲れた俺はされるがままに服を着て、購入した。エリザベスは満足そうにしている。

「うん、悪くないわね。お金持ちのお坊ちゃんに見えなくもないわよ」

「はい。お似合いかと。上品な感じになりましたよ」

わたしが選んだんだもの、当然よ！　とエリザベス。黒ローブに言われても説得力のかけらもないが、ナーニアさんが言うならそうなんだろう。５００ゴルド近く散財したが、たしかに着心地はいい。

「髪もどうにかしたいけど、とりあえずはいいわ。さあ、行きましょう！」

エリザベスを先頭に不動産屋にのりこむ。俺の家を探しに行くんだけどなー、とこっそり心の中だけで思う。

なんかご老公のお付きの人みたいな感じだ。


不動産屋はモルト商会とだけ看板が出ていた。

日本の不動産屋のようにぺたぺたと物件情報が貼り付けてあるわけでもなく、店構えだけでは何の店かもわからない。そもそも商会と看板がなければ店であることすらわからないだろう。

「これはこれはお客さま。本日はどのようなご用件でしょう」

商会に入るとすぐに、初老の紳士な人が出迎えてくれた。

「わたくし、モルト商会番頭のバウンスと申します」

「家よ、家を借りたいの」

俺が言おうとする前に、エリザベスが言い放つ。

「さようですか。どのような家をお探しでしょうか」

「そうね。大きい家がいいわ。広い庭がついてるやつ」

いやいや、ちょっと待ちなさいよエリザベスさん。

「いえ、そんなに広くないのがいいです。むしろ小さいのが」

バウンスさんはちらりとこちらを見るとごそごそと資料を探し、

「こちらなどいかがでしょう」

そう言って、エリザベスに提示する。こんな黒ローブな身なりをしててもエリザベスが本体で俺がお付きに見えるのか……

提示された物件を一緒に覗《のぞ》き込む。でかい。みるからに豪邸である。部屋がなんだかいっぱい書いてある。どう見ても一人暮らしに紹介する物件じゃない。

「ふうん。ちょっと庭が小さい気もするけど、屋敷のほうは悪くないわね」

さすがにこれは無理だ。

「いえ、もっと小さいのでお願いします。俺が、一人で住む予定なんです」

俺が、と強調して言う。

次に見せてくれたのは普通の物件だった。庭付き一戸建て。二階建てで3ＬＤＫってところだろうか。家族向けの物件のようだがお風呂もあるし、庭も広め。悪くない。

「これじゃ小さいわよ」

エリザベスは基準がおかしい。

この子の言うことは聞かなくていいからと、他の物件も見せてもらう。

二つ目に見せてもらった物件と他にも候補があがり、三軒ほど実際に見せてもらうことになった。

案内には若い人がついた。

「もっと広い家がいいのに。あれじゃあパーティも開けないわよ」

紹介物件にエリザベスは不満みたいだ。いや、パーティなんか開きませんから。

「ねえ。前から思ってたんだけど、エリザベスっていいとこのお嬢さん？」

ナーニアさんにこそっと聞いてみた。

お嬢さんなのは見るからになんだけど、なんかこう、浮世離れしてるところがあるな。思ってたより、お金持ちの家なのかもしれない。

「ええ、まあ……ですが今はただの冒険者ですし、お嬢様の家のことはあまり……」

「いえ、すいません。余計な詮索《せんさく》でしたね」

お嬢様って言っちゃってるし、どこかの名家のお嬢様と護衛の人って感じだろうか。


三軒とも見て回り、豪邸の次に見せてもらった家に決めた。庭付き風呂付き一戸建て二階建ての3LDKである。値段も月900ゴルドとお手頃だ。

この異世界、庶民のお風呂は銭湯である。家についてるほうが少ない。庭もそこそこの広さがあったし、家具も揃《そろ》っていて、すぐに住めそうだ。庭は雑草だらけだったたし、部屋も掃除が必須だったが。井戸も共用のものがすぐ近くにあり、いま住んでいる宿も近いから外食にも困らない。

「お金はあるんだし、もっと大きい家にすればいいのに」

エリザベスはまだそんなことを言っている。

「一人暮らしなの。これでも大きいくらいだよ」

俺ともう一人、メイドさんを雇うとしても十分な大きさだ。それにいい加減、家選びであちこち移動するのにも飽きてきた。どうせ借家だし、気に入らなかったらまた変えればいい。エリザベスの言うとおり、お金は十分にあるんだし。

商会に戻り、契約を交わす。

契約は明日からだが今日から使っても構わないとのこと。三ヵ月分の家賃を払い、鍵をもらう。

敷金礼金といったシステムはないようだ。家を壊したり、ひどく汚した場合は出て行くときに請求される。夜逃げ対策とかどうするんだろうね？


昼も近いので三人でお食事処で昼食をとる。

「とりあえず布団がいる。あとは掃除だな」

掃除と聞いて目をそらすエリザベス。どうやら手伝ってくれる気はなさそうだ。

「人を雇えばどうでしょう。ギルドに雑用の依頼を出せばいいんじゃないでしょうか」

なるほど。自分でやる必要はないな。アンジェラちゃんが孤児院の子供たちのバイトを探してると言ってた気がする。聞いてみようかな。家の掃除くらいなら手頃だろう。

「このあとはどうする？　知り合いのところに掃除の手伝いを頼みにいくつもりだけど」

「そうね。魔法の練習してる時間はなさそうだし、今日は帰るわ」

「掃除のてつだ……」

「用事があるのよ！」

よっぽど嫌らしい。そう言うと、さっさと逃げていった。ペコリと頭を下げるナーニアさんに、手を振って別れを告げる。

エリザベスたちは一週間くらいは休暇だそうだ。家も割れてるし、きっとまた来るだろう。一応エリザベスの泊まってる宿も聞いてあるし。

孤児院につき、子供たちに囲まれつつ、アンジェラちゃんを探す。ちょうど昼が終わったくらいなようだ。子供たちに誘導されて、すぐにアンジェラちゃんが見つかった。

「あら？　今日はどうしたの」

「ちょっと頼みがあるんだ」

ついでにアンジェラちゃんの顔を拝みに来ました。今日も笑顔が素敵です。おっぱいもおっきいです。

「いい服を着てるじゃない。うん、似合ってるよ」

アンジェラちゃんは俺の服が変わったのにすぐに気がついて、褒めてくれる。お世辞だとしても嬉《うれ》しい。それとも女性が選んだ服だし、女性受けはいいんだろうか。

高い服ってのはわかるが、似合ってるかどうかは自分ではわからんし。

「ええと、家を借りたんだけど……」

改めて事情を説明する。

「なんだ、それくらいならタダで手伝うよ」

「いや、悪いよ。お金は今回の報酬で結構あるからさ。ちゃんとバイト代ははずむよ」

「そうだね。じゃあこれくらいで……」

数字を出される。

「安すぎない？」

「子供の仕事だもの。これくらいが相場だよ」

「これくらいは出すよ」

「じゃあ、これくらいを子供たちに渡して、あとは孤児院に寄付ってことにしよう。あんまり子供たちにお金を持たすのもよくないからね」

子供の人件費やっすいなあ。5ゴルドで半日仕事してもらえるそうだ。五〇〇円だよ、五〇〇円。子供の小遣いだよ。いや子供なんだけどさ。

一〇人ほど雇って、部屋の掃除と庭の草むしりをしてもらう。道具はここにあるのを持ち出し。報酬は一人5ゴルド＋孤児院に100ゴルド。


準備をして子供たちを引き連れて我が家に向かう。

「一人暮らしにしては大きい家を借りたんだね」

アンジェラちゃんが我が家を見て、そう評する。やっぱりそう思うのが普通だよな。エリザベスがおかしい。

「あ、うん。広いほうが好きなんだ。それにお風呂もついてるんだよ」

まさか奴隷を買ってメイドさんをしてもらうためとか、正直には言えない。

「お風呂があるのはいいね」

その説明で納得してくれたみたいだ。

家に入るとアンジェラちゃんが子供たちにてきぱきと指示をだし、作業分担を決めていく。俺は子供たち三人と庭で草むしりをすることにした。

じゃあとアンジェラちゃんは家の中の担当となった。

実家の庭の草むしりは俺の役目だったし、慣れたものだ。道具はなかったので素手でぶちぶち引き抜いていく。ステータスが上がった効果だろうか。明らかに力は増しているし、この程度じゃ全然疲れない。

子供たちの倍以上のペースで雑草を処理していく。とはいえ、広い庭なので時間はかかる。子供たちにも無理はさせないように、休みながらゆっくりと作業を進めていった。

夕方になる頃には庭はきれいになり、家の中もピカピカになっていた。

さっきまでの埃《ほこり》まみれが嘘のよう。いい仕事だ。それを見ながらふと、浄化を使えばよかったじゃないかと気がついた。かなり広いとはいえ、俺のＭＰ量なら余裕だろう。

でも庭の草むしりは魔法じゃ無理そうだし、お金をもらって喜ぶ子供たちを見て、まあいいかと思い直した。

「ありがとう。すっごい綺麗《きれい》になったね」

「ちゃんと報酬もらってるしね。またいつでも頼むといいよ」

「うん。そうする。この後お茶でもどう？」

お茶っていっても、アンジェラちゃんにもらったマギ茶しかないけど。

「もうすぐ晩御飯の準備だから、今日はもう帰るよ」

勇気をだして誘ってみたんだけどダメか……まあどっち道、今日は子供が一〇人もいるしな。

「いつでも遊びに来てね。歓迎するよ」

アンジェラちゃんが子供たちを連れて帰って行ったので家に一人になった。

布団を買わないとダメだけど、まだ店は開いているだろうか。この町の店が閉まる時間はかなり早い。明日でいいか。そろそろ晩御飯の時間だし、竜の息吹亭で食事にしようか。女将《おかみ》さんにも宿を引き払うことを知らせないとだめだし。


その日はベッドの上で寝袋に包まって寝た。宿のせんべい布団も硬かったが、直接木のベッドの上で寝るのはとても硬かった。

明日は実家で使ってたみたいな、ふかふかの布団を買いに行こう。そう心に誓った。

第22話　サティ

久しぶりに朝寝坊をした。

いつもは夜明け頃に宿の娘さんが、朝食のために起こしにくるのだ。一人目を覚まし、食堂兼台所で朝食をとる。朝食は以前に買ってあったお弁当だ。ここのところずっと宿の食堂で食べていたから、一人飯はすごく寂しい。


商店街を見て回ると、寝具は家具店で扱っていた。

高級なのを見せてもらったら目が飛び出るほど高い。大鷲《わし》の羽毛を使った最高級の羽毛布団。ブルラムという大型の野生羊の毛を使った敷き布団。毛布やシーツもあわせると、大猪《いのしし》の報酬が全部飛ぶくらいする。

諦《あきら》めてほどほどの値段のを購入。それでもセットで1000ゴルドくらいはして、寝心地のよさそうなのが買えた。


さて。お次は本日のメインイベントである。

クルックに聞いたとおり、町のはずれのほうにある一軒の店にやってきた。不動産屋と同じでブローアル商会と看板が出ているだけの普通の建物である。

入り口を前にして、緊張してきた。

このまま入っていいんだろうか。もっとクルックに詳しく聞いておけばよかった。それともあいつに頼んでついてきてもらおうか？

扉の前でうろうろする。挙動不審である。営業妨害でもある。

幸い他の客は来てなかったようだが。

俺がぐずぐずしていると扉が急に開いて、中年の禿《は》げたおじさんが顔をのぞかせた。

「どうぞ、こちらへ」

にこにこ顔で中に案内された。

「あ、あのここは奴隷を……」

「そうですとも。うちは奴隷商でして。お兄さんが購入を？　家事やらせたい？　はいはい。もちろん女性ですよね。うちはかわいい子が揃《そろ》ってますよ。何か特別なご希望はおありで？　ない？　わかりました。ささ、こちらで少しお待ちください」

手馴《な》れたものである。入り口でためらうような根性なしは多いのだろう。言うだけ言うと、禿のおじさんはお茶を出してから出て行った。

ソファーに座り、お茶を飲みながら気持ちを落ち着ける。

よし、潜入は成功した。ミッションはこれからだ。そわそわしながら待っていると、禿の人が戻ってきた。

「ではこちらへ」

部屋の外へと案内される。

「いやー、お兄さん運がいいですよ。いまちょうど綺麗《きれい》どころばかり揃ってましてね。きっと気に入るのがいると思いますよ。ご予算はいかほどで？　ほうほう。四、五万ですか。ご心配なく。うちは極めて正直な商売を心がけておりましてね。適正価格で手に入れられますよ」

廊下を抜け一番奥の部屋へと入る。部屋に入るとそこには女性がずらりと並んでいた。

数えてみると八人。

女性たちはこちらに注目していた。みんな貫頭衣というのだろうか。病院で患者が着るような、白く薄い服を着ている。ぴらぴらである。体型がすごくよくわかる。服は膝《ひざ》上あたりまでしかない。素足に裸足である。

ちょっと透けてませんか？　しかもサイドにはスリットがあり、おっぱいがこぼれているのが見えた。

あ、やばい。

「ささ、こちらにお座りください」

禿の人に椅子を勧められる。もう立てない。

男の子ならわかるよね？

椅子の前にはちゃんと机が置いてあり、俺の下半身はしっかり隠れている。禿の人、わかってるな……

八人の女性たちを前にして面接官のような状況である。

「右から年齢順に並べてあります。どうです？　気に入ったのはいますかな？　じっくり見ていってください」

少し距離があり、女性たちには会話は聞こえないはずだが、なぜか小声でこそこそと話す二人。

ざっと目を通す。猫耳が二人いる。幼女は一人だけで、あとは妙齢の女性たちである。

八人ともかなりレベルが高い。どの子を選んでも満足できることは間違いないだろう。この世界、すごく美形率高い気がする。

「あの、この子たちは全員……」

「一番右の子だけは経験がありますが、他の子はみな初物ですよ。保証します」

ナニを致すことが前提ということなのだろう。

一番右はむっちりとした色気のあるおねーさんである。確かに少し年齢はいってそうだが、十分にありである。だが一番左の幼女はどうなんだろう。どうみても無理な年齢である。

「ナニをするのはさすがに無理ですが、特殊な趣味の方もおりますからね。そうじゃなくても、小さい頃から色々教育して育てたり、養子や弟子に欲しいという方もおりますので」

なるほど、光源氏計画か。とりあえず一番左の幼女だけはやめておこう。問題がありすぎる。

禿の人は一人一人説明していく。

一番右のおねーさんは経験豊富で床上手。家事もばっちりこなす。

その次の子は背が高く、筋肉もがっしりしている。戦闘経験があり、護衛もこなせる。

三番目の子は猫耳である。獣人は身体能力が高い。これも仕込めば戦えるし、力仕事もこなせるオススメ商品である。

四番目の子に目を奪われる。さっきからすごく気になっていた子である。八人全員、それなりにかわいい子ばかりだったが、この子は飛びぬけてかわいい。さらさらの長い黒髪に、清楚《せいそ》な顔立ち。肌が透き通るように白く、スタイルも抜群にいい。

「この子はですね。家事はもちろん、読み書きに教養、礼儀作法までばっちり仕込まれてましてね。どこに出しても恥ずかしくない、当店の一押しですよ。その分お高くなってますが」

値段を聞くと完全に予算オーバーどころか、全額使っても半分にもならなかった。四、五万って言ったのになぜわざわざ見せるのか。

「借金してでも買いたいという方もいるんで、一応は全員見せることになってまして。どうです？近くでじっくりご覧になりますか？」

やめておこう。じっくり見たらきっと我慢できなくなる……

五番目の子、六番目の子は極めて普通で四番目の子をみたあとじゃ色あせて見える。

ちょっと地味だったけど、かわいかったし値段も手頃だったんだが。やはり戦えるという二番目の子か三番目の子がいいだろうか。三番の猫耳の子はドラゴンのお金が入ればたぶん買えそう。二番目の子なら十分買える。

最後の七番目の子も猫耳獣人だった。顔立ちはかわいい。手足がすらりと伸びている。細いな。少し小さい気もするが、ぎりぎりセーフだ。たぶん。

値段を聞いて驚いた。一番安い。猫耳は普通よりお高いはずなのに。

「この子は少々問題がありましてね。目が悪いのですよ。うっすらとは見えてるんですけど、歩けばこける。仕事をさせれば失敗する。家の中ではものにぶつかる。力はそこそこ強いんですが、それ以外がまったくでしてね」

回復魔法とかで治らないんだろうか。あとは眼鏡とか？

「治癒術師にも見せたんですがね。そこいらの術師では手に負えなくて。高位の術師様ならもしかして治せるかもしれませんが、治るかどうかもわからないのに大金は出せないですし」

眼鏡は知らないらしい。異世界にはないんだろうか。

「ほら、見た目はいいですし、きっと尽くしますよ？　わたしもね、できればお兄さんみたいなやさしい人に買ってもらいたいんでさあ。このまま売れ残ったりしたらどうなると思います？」

どうなるんだろう？

「娼館《しょうかん》で慰みものになるか、鉱山送りですね。鉱山って知ってますか？」

「え？　知らないですけど……」

娼館で慰み者？　鉱山送り？　こんなかわいい子が？

「そりゃあもうひどいところでして、光もささない狭い穴に入り込んで、人力で穴を掘って鉱石を採ってくるんですよ。毒ガスや水、時には鉱山が崩れたり。あそこに送られたらもう……」

うわあ……

「わたしもね。本当はそんなとこに送りたくはないんですよ。でも売れない子をいつまでも置いとくわけにもいかなくてね」

「ちょっと目が悪いくらいなんですよね？　他に何にも問題はないんですよね」

「そうなんですけどね。問題のある子をわざわざ買おうって人はなかなかおりませんでね。ほら、こっちに来なさい」

禿の人が、猫耳少女を呼び寄せる。

「この子は可哀想な子でしてね。目が悪くて役に立たないってんで、実の親に売られちゃって。ほら、この方にご挨拶《あいさつ》して」

「あの、がんばりますから、どうか私をお買い上げください。ご主人さま」

猫耳少女にうるうるした目で訴えかけられる。この子、俺が買わないと鉱山送り？

「あの、回復魔法を試してみても？」

「へ？　お兄さん治癒術師で？　そりゃ全然構いませんが、お金は払えませんよ？」

「いいですよ。その代わり治っても値上げとかしないでくださいね。こっちにおいで。君、名前は？」

「サティ、です」

「じゃあサティ、今から回復魔法をかけてあげるから、じっとしててね」

「はい」

目のあたりに手をあてて、魔力を集中する。【ヒール】【ヒール】【ヒール】さらに、【病気治癒】に【解毒】もかけてみる。

「はい、目をあけてみて？　どう？」

目をパッチリあけてふるふると首を振る猫耳少女。

だめか。アンジェラちゃんたちに相談してみるか。それかガラスがあるんだからレンズも作れるはず。

回復魔法のレベルを上げてみてもいい。回復魔法はレベル3。スキルポイントは29Pもあるから4に上げて4P。レベル5はたぶん20Pだが、十分足りる。まあヒールで治るかは賭けなんだけども。

考え込んでいると声をかけられた。

「お気に入りになりましたか？　この子、お買い上げいただけます？」

はっと、気がつく。完全に連れて帰る気分になってるわ……

もう買うしかない。

「買います……」

ついに人身売買に手を染めてしまった。

禿の人がサティを置いて、他の子たちを部屋から連れ出していく。あの四番目の子は惜しかったな。直球どストライクで、お金さえあれば。

振り返ると猫耳少女が同じ位置でじっとこっちを見ていた。いや、うん。君もかわいいよ。黒髪のショートヘアーはさらさらで、頭についた猫耳が時折ぴくぴく動いており、尻尾《しっぽ》を左右にふりふりしている。

近くでよく見ると顔もなかなかの美少女だ。まだ少し幼い感じがするが、数年経てば立派な美女に成長しそうだ。今ならゴスロリ服なんか着せたら似合うだろうか。

「サティ、うちに来ることになったけど、大丈夫？」

「はい、よろしくお願いします。ご主人さま。なんでもしますのでお申し付けください」

ペコリと頭を下げる。ご主人さまか。ご主人さま……

マスター、主さま。お兄ちゃん？　ないな。ない。普通に名前でいいか。

「俺は山野《やまの》マサル。マサルって呼ぶといいよ」

「はい、マサル様」

「少しは見えるんだよね？」

「はい。遠くはぼんやりしか見えないんですが、近くなら見えます」

そう言いつつ、ぐーっと顔を近づけてくる。近いよ、近い。鼻がぶつかりそうな距離まで顔を近づけてくる。当たりそうになる前にぱっと離れてくれた。

「あ、すいません。あのくらい近いとなんとか見えるんです」

ごくりと喉《のど》をならす。

それにしてもこの服。薄いし、きわどい。サティが動くたびに色々ちらちら見えて目の毒だ。

そして気がつく。ちょっと細いとは思ったが、がりがりじゃないか？　あまり食べさせてもらえてないのか。不憫《ふびん》な。

禿の人が戻ってきた。

「ええと、ではお名前を。あと身分証はお持ちですか？」

「山野マサル。ギルドカードでいい？」

ギルドカードを渡すとちらっと見るとすぐに返してくれた。お金は今お持ちで？　と聞かれ、はいと答える。

「では３５０００ゴルド、お願いします」

アイテムから金貨を取り出し渡す。禿の人は一枚一枚丁寧に数えていく。

「はい、これで結構です。では奴隷紋の認証をいたしましょう。少し血を出してくれますか。主人の血を紋章につけることで持ち主の認定をします」

サティが手を出す。手の甲の側、手首の上あたりに模様が刺青のように書いてある。

禿の人から針を受け取り指に刺す。出てきた血を言われたようにサティの手首にたらす。一瞬奴隷紋が光った。


そしてメニューが突然開いた。俺のじゃない。サティのだ……


「はい、これでこの子はマサル様のものです」

「あ、ああ。そうだ、サティに何か服はないですか？　靴もないし、このまま連れて帰るのはちょっと」

これを、とすでに用意してあった服とサンダルをもらう。サティに渡すと服をごそごそとして頭からかぶり、体をすっぽり覆った。

ローブか。白いし、てるてる坊主みたいだな。サンダルも履いてこれで外でも一応は問題ない。

そのあとは奴隷について教えてもらった。

奴隷紋がある限り、逃げることはできないし、主人に攻撃することは絶対にできない。そして命令をすることはできるが、本当に嫌がるような命令は聞かないことがある。あまり強く縛ると命令を聞くだけのゴーレムのようになって、無感情になるので支配は緩めである。夜のお仕事は基本的な仕事の範囲。断られることはない。存分にどうぞ。奴隷の持ち主は主人ではあるが、国家の財産でもある。むやみに傷つけることは禁止されている。二、三発殴るくらいは大丈夫。あまりひどいと奴隷自身が訴え出ることもできる。奴隷の口は縛られていない。自由に話すことができる。訴えられると、奴隷を取り上げられたり、罰金を取られたりすることもある。殺しても同様。もし飽きたら捨てないで、奴隷商に持ってきてね。買い取ります。

説明を聞きながら、俺はちらちらとサティのほうを見ていた。

禿の人は何か誤解しただろうが、かまうものか。サティの前にはメニューが開いた状態、つまり、ＨＰやＭＰ、ステータス、スキルなんかが表示されていたのだ。

character status

LV.3 サティ 種族｜獣人 職業｜奴隷

HP｜18/18 MP｜5/5 スキルポイント｜15P

力	12
体力	5
敏捷	2
器用	1
魔力	3
忠誠心	50

スキル

視力低下
聴覚探知レベル3
嗅覚探知レベル2
頑丈

装備

ローブ
奴隷の服

ギルドランク
なし

第23話　パンツはいてない

商会を出たとたん、サティがぺしゃんとこけた。

「だ、大丈夫か？」

「いつも、転ぶので。大丈夫です」

しょっちゅう転ぶから、頑丈なんてスキルがついてるのか。

少し歩くとまたこけた。

【ヒール】をかけてやった後、仕方ないので手をつないで引っ張ってやる。女の子と手をつなぐなんていつ以来だろう。ちょっとだけ嬉《うれ》し恥ずかしい。

「マサル様は、治癒術師なんですか？」

「そうだな。回復魔法も使えるが、他のも使える。魔法使いだな」

「すごいです。獣人は魔法が使えないので」

魔力3じゃ無理だろうなあ。


家に戻る途中、古着屋に寄った。サティの服を適当に選んで買っていく。

サティは棚にぶつかって倒しそうになったので、入り口のあたりに立たせてある。あと下着か。

さっきちらっと見たけどパンツはいてなかったように見えた。女性店員を捕まえておそるおそる聞いてみる。

「あの……あの子の下着が欲しいんですが」

入り口のサティを指しながら言うと、すぐに持ってきてくれた。

かぼちゃパンツか。五枚ほどもらい、服とまとめて会計をする。


サティを連れて、家に入る。

「ここが俺の家。今日からサティの家でもある」

「はい」

サティを椅子に座らせる。さて、メニューを調べないと。操作はできるみたいだ。スキルリストも同じようだ。

サティには見えてないのか？　メニューを閉じたり開いたりしてみるが、反応はまったくない。

スキルリストを調べていると……

「あの」

「ん？」

「何かお仕事はないですか？　なんでもやります」

「とりあえず、することはないな。そのまま座ってて。ああ、ちょっとお腹《なか》がすいてきたな」

アイテムから弁当を二個取り出し、一個渡す。

「はい、どうぞ。食べていいよ」

「ありがとうございます」

スキルリストを見ながら弁当を食べようとすると、サティが動かないのに気がついた。お弁当は持ったままである。

「どうした？　お腹がすいてないか？」

「いえ、奴隷の分際でマサル様と一緒に食事をとるなんて、とんでもないです。でもここに座ってろと言われたのでどうしようかと」

「いいよ、ここで食べな。この家には食堂はここしかない。食事は二人で一緒にとる。いや、違うな。食事は好きなときに好きな場所でとっていい。俺の前でも、俺がいないところでも。でも一緒に出された食事は一緒に食べること。同じテーブルでね。さあ、食べて食べて」

「はい。わかりました」

サティが弁当を食べ始めた。

おいしいです、おいしいですと言いながらがつがつと食べている。

「奴隷商であまり食事はもらってなかったの？」

「はい。朝と夜の二回だけで。食事もパンと具のないスープだけでした」

「それはひどいな」

「いえ、あそこにいたときは、部屋でほとんど動かなかったので十分でした。村にいたときのほうがもっとひどかったです」

一日二回のパンと具のないスープの食事よりひどいってどんなのだ。木の根とかかじってたんだろうか。サティはもう弁当を食べ終わったようだ。弁当に残った細かい食べ物も取ろうとスプーンでつついている。もう一個弁当を出して渡してやる。

「いいんですか？」

「いいから食べなさい。もし足りなければもっとあげるから」

サティが二個目のお弁当に取り掛かるのを見ながらメニューを再び確認する。

やはり奴隷か忠誠心のどっちかだな。こういうシステム的なことは、伊藤神《いとうしん》に聞いてもまず答えてくれない。確かめるにはもう一人奴隷を買うくらいしかないが、とりあえずはサティの目をどうにかしないと。

【視力低下】
敏捷《びんしょう》と器用にマイナス補正。

【頑丈】
肉体へのダメージをカット。ＨＰ回復力アップ。

視力低下のマイナス補正による、敏捷と器用の数値はひどいものだ。魔眼で何か使えそうなのはないかな。千里眼、未来視？

うーん、違うな。敏捷アップと器用アップも意味ないか。心眼。

【心眼】
心の眼で敵の攻撃を見切る。回避大幅アップ。

ちょっと違うか。暗視、鷹《たか》の目。

【鷹の目】
視力にプラス補正。

これだ！　まさしく探してたものだ。５Ｐだし取ってみよう。

二個目のお弁当も完食したようだ。まだ食い足りなさそうにしていたので、野ウサギの肉の串焼きを二本渡してやる。よく食うな。お腹壊さないだろうな？

「お腹いっぱいになったか？」

「はい。でもあとお弁当一個くらいなら食べられます」

あれでまだ腹八分目か。持ち帰りの弁当はサイズが小さめとはいえ、そこらの冒険者並みに食べるな。このペースで食われるとエンゲル係数が跳ね上がりそうだ。自炊も考えないと。

「とりあえずは我慢しておけ。あまり一度に食いすぎると体に悪い。晩にまた食わせてやるから」

「はい。美味《おい》しかったです」

「では、今から目の治療をする」

「また回復魔法でしょうか？」

「そうだ。でもさっきのと違うやつだ。目を閉じて」

メニューを開いて、【鷹の目】を取得する。

さてどうだろうか。

「目を開いていいよ」

サティがぱっちり目をあける。

数秒はなんともなかったが、不意に目を見開いた。

「あ……あ…あああ」

「目を閉じて！」

目の治療した人って確か、部屋を暗くして少しずつ慣らすんだっけ。

窓を閉じて、部屋を暗くする。窓は木なので閉じれば光を通さないが、昼間なのですきまからの光でかろうじて部屋の中は見える。

「ゆっくり深呼吸しろ。吸って、吐いて、吸って、吐いて。落ち着いた？」

こくりとうなずくサティ。

「目を閉じたまま、下を向いて。そうだ。ゆっくり目を開くんだ。自分の手が見えるか？」

character status

LV.3

サティ　種族｜獣人　職業｜奴隷

HP｜18/18　MP｜5/5　スキルポイント｜10P

力	12
体力	6
敏捷	11
器用	7
魔力	3
忠誠心	50

ギルドランク
なし

スキル

視力低下
聴覚探知レベル3
嗅覚探知レベル2
頑丈
鷹の目

装備

ローブ
奴隷の服

「見えます。ちゃんと見えます！」

「よし、じゃあ次はゆっくり顔をあげてみろ」

「見えます。マサル様の顔が見えます！　わたしの目、治ったんですか？」

「そうだ。治った」

厳密に言うと鷹の目で相殺しただけなんだが、説明も無理だしそういうことにしておこう。

「わ、わたし……ずっとこのまま目が見えなくて……ずっと、ううう」

サティがぽろぽろと涙を流しだした。

「落ち着け。ほら、大丈夫だから」

何が大丈夫だかよくわからんが、とりあえず大丈夫と言っておく。

泣いてる子とかどうしていいかわからん。

「ううう……こ、鉱山に……死ぬんだって、うえええええん」

それであんなに必死だったのか。あの禿《はげ》の人、こんな子脅したらだめだろう。

「ああ、もう大丈夫だから。ずっとうちにいていいから。な？」

「わたし、わたし……ちびだし、何にも……家でも……怒られてばっかりで……売られたあとも……ずっと誰にも……買ってもらえなくて……だから、だから……嬉《うれ》しくて……」

サティはぐすんぐすんと泣きながら、ぽつぽつと話す。

なんだか、苦労してきたんだな……

「それだけでも……なのに、目まで……あ、ありが……ありがとうございます……」

「うん、うん。わかったから。ほら、これを食え」

と、野ウサギ肉の串焼きを差し出す。受けとったサティはくすんくすんと泣きながら、もちゃもちゃと食べだした。餌付《えづ》けは成功。だんだん落ち着いてきたみたいだ。

「もうこれからは、普通に仕事でも遊びでもなんでもできるんだからな？　ほら、目が治ったら何がしたかった？　何かしたいこととかあるだろ？」

サティは食べるのをやめて、こちらを驚いたような顔で見つめた。顔は涙でぐちゃぐちゃになってる。

「なんでも？」

「そう、なんでもいいよ」

手に残った串焼きに視線を落としたサティが話し出した。

「あ、あの。わたし、料理とか……ずっとしてみたくて、で、でもだめだって……家の手伝いも、壊すからってやらせてもらえなくて……それで、それで……」

いかん、また泣き出した。

「そうか、料理か！　料理だな。じゃあ夕飯からさっそく手伝ってもらおうかな！」

「は、はい。がんばります。お手伝いします！」

「ほら、まだ肉残ってるだろ。食え食え」

サティが残りを食べてるのを見ながら、どうしようかと思う。

料理するって言っても、たぶんまったくの未経験だよな。

初心者って何からやるんだっけ？

俺の最初はカップラーメンだった気がする。お湯を沸かして三分。簡単でいいな。こっちにはカップラーメンとかないし。

ああ、お湯を沸かしてもらうか。お茶でもいれてもらおう。いきなり包丁とか怖いし。

「じゃあお湯を沸かしてもらおうかな。お茶が飲みたい」


ええと、鍋がこれで、薪《まき》は少しだけ、前の人が残していったのがあったな。水は魔法でも出せるけど、今後も考えて井戸だな。

水がめとかないな。この大鍋でいいか。サティに大鍋を持たせる。色々買い物がいるな。生活用品が圧倒的に足りない。

「持てるか？　大丈夫か？」

「はい。持てます！」

「じゃあ井戸に水を汲《く》みに行くぞ。ついてこい」

外に行こうとして、はたと気がつく。サティの格好が奴隷商から連れてきたままだ。パンツもはいてない。着替えさせないと。

「ちょっと待った。先に服を着替えよう。ほら、さっき帰りに服屋で買っただろ」

サティに大鍋を置かせて、服とパンツを机の上に出して広げる。これでいいか、とワンピースタイプの服を選んで、パンツと一緒に渡そうと振り返る。

「!?」

サティはすでにすっぽんぽんだった。

一瞬がん見して固まったあと、目をそらし服を渡す。

やっぱりパンツはいてなかった。

「ほら、これを着なさい。あと、女の子は人前で裸になってはいけません」

「はい。でもここにはマサル様しかいません」

服を受け取ったサティが着ながら言う。服はパンツとワンピースだけだからすぐに着終わった。

「俺がいてもいけません。恥ずかしいでしょ」

「あ、あの……わたし、ちびでやせてるから、お気に召しませんでしたか？　その、男の人は裸を見せると喜ぶと聞いたんですが……」

サティは涙目になっている。誰だ、そんな知識教えたのは。

「いやいや、見せなくていいから」

「そうですよね。わたしの裸なんて見たくないですよね……」

「いや、ちょっと待って。違うから、見たいから」

いやいや、見たいんじゃないぞ。見たいけど。なんて言えばいい？

「その、あれだ。子供は人前で服を脱ぐよな？　でも大人は人前では服を脱がないだろう？　そう！　大人なら、お風呂とか、好きな人の前以外じゃ脱がないもんなんだよ！　大人になるなら裸は見せちゃいけないものなんだ」

「えっと。わたしはマサル様のことが好きなので脱いでもいい？」

なんで初日から好きとかになってるんだ!?　展開が早すぎる。くっそ、考えろ俺。

今こそアニメや漫画で得た知識を総動員するんだ！

見たいと言えば、即裸になりそうだ。見たくないと言えばきっと泣く。見たいと言いつつ、脱衣を阻止するんだ！

「サティの裸は見てみたい。あっ、あっ、脱がなくていい。そう。見せろって言うまで見せなくていい。見せてって言ったとき以外は見えないところで裸になるように」

サティはちょっと悲しそうな顔だ。

「いや、見たいから。そのうちたっぷり見せてもらうから！　ほら、今から料理だろう？　外に水を汲みにいかなきゃ」

「そうでした、料理です！」

サティに大鍋を持たせて外に出る。現実にこういう状況になると、なんと無様にうろたえることか。

「はい、ここが井戸ね。水を汲んでー」

平静を装って指示を出す。サティは一生懸命井戸から水の入った桶《おけ》をひっぱりだしている。

ざばーと、桶から大鍋に水が入れられる。

「よし、じゃあ帰ろうか。重くない？　持てるか？」

「大丈夫です」

ひょいっと持って歩いていく。

奴隷商の人が力があると言ったのは本当のようだ。両手がふさがっているサティの代わりに扉をあけてやり、中には入る。サティが小鍋に水を移し、かまどにかける。薪を入れてと。

「火って普通の人はどうやってつけるの？」

「火打石でつけます」

なるほど。今日は魔法でつけるかと考えていると、サティがしゃがんでごそごそしている。

「ありました！」

はい、と見せてくれる。前の住人が残してくれたのか。

「火はつけれる？」

「やってみます」

座ってかちゃかちゃやり始める。お湯を沸かすだけでめんどくさいぞ。魔法なら一〇秒もかからんのに。やはり外食メインにするべきか……？

だがほどなくついたようだ。

やるのは初めてのはずだが手際いいな。以前見たTVだと、火おこしに三〇分とか掛かっていた。火種から薪に火がうつり、ぱちぱちと火があがりだす。サティは真剣な目で鍋の水を見ている。見ていてもお湯は沸かないんだけど、じっと見てしまう気持ちはわかる。そーっと指を突っ込もうとしてたので止めた。

「温度は指ではかったらだめ。沸騰したら、泡がぽこぽこ出てくるから。見てなさい」

「あ、泡が出てきましたよ！　泡が！」

かまどは結構火力が強い。というかお湯を少し沸かすだけなのに、薪を投入しすぎたようだ。すぐにお湯は沸いた。

「よし、じゃあ鍋をこっちに。お茶の葉を入れよう」

鍋敷きはないし、直接でいいか。小鍋はすすがついていて、テーブルが少し汚れそうだ。あとで浄化しとこう。いや、サティに任せればいいのか。仕事したがってたし。

マギ茶を布に一つまみ出し、巾着《きんちゃく》のように紐《ひも》でしばってお湯に投入する。簡易のティーバッグだ。サティはそれをじっと見てる。

できたマギ茶をサティにいれてもらい飲む。

うん、うまい。最初は変な味だと思ったけど、慣れれば日本で飲んでたお茶と変わらんね。サティにも一口飲ませたら微妙な顔をしていた。

「これはマギ茶って言ってね。魔法使いの魔力をほんの少し回復してくれるお茶なんだ」

余ったお茶を水筒に入れながら説明する。お湯を沸かすだけ。とても料理とは言えないが、あとは具材を切り刻めればスープくらいは作れるだろう。

「じゃあ、あと片付けてくれる？」

「は、はい」

サティが鍋とコップを流しに持って行く。もちろん水道などついてない。サティは大鍋から水を汲んで、手で洗っていく。

ええと、スポンジはないだろうから、たわしとかか？

あとは流しに置く、桶かなにかもいるな。

雑巾《ぞうきん》、布巾《ふきん》、洗剤ってあるのか？　油物作ったらないと困るな。

揚げ物用の鍋とか、道具もいるな。

キッチンペーパーはさすがにないか。ここの人はどうやってるんだろう。

そういえば、唐揚げとかとんかつとか食堂で出てきたことがないな。そういう調理法が存在しないんだろうか。ドラゴンの肉で唐揚げとか美味しそうなのに。


洗い物を終えたサティが満面の笑みで「終わりました」と報告をしてきた。声も弾んでいる。

お世話をしてもらうメイドさんを買うつもりだったのに、こっちが世話をする感じになっちゃったけど、これはこれで悪くないかもな。

何はともあれ買い物だ。生活必需品を色々と手に入れないと。

「それじゃあサティ。買い物に行こうか」

「はいっ、マサル様！」

尻尾《しっぽ》をパタパタさせて笑顔のサティはとてもかわいい。

今日からこの家で、この子との生活が始まるのだ。

うん、これはこれで。なかなか悪くないかもしれないな！

ニートだけどハロワにいったら異世界につれてかれた

MFブックス

ニートだけどハロワにいったら異世界につれてかれた 1

発行　2013年10月31日　初版第一刷発行
　　　2014年 3 月14日　初版第三刷発行
著者　桂かすが
発行者　三坂泰二
編集長　金田一健
発行所　株式会社KADOKAWA
〒102-8177　東京都千代田区富士見2-13-3
03-3238-8521（営業）
編集　メディアファクトリー
0570-002-001（カスタマーサポートセンター）
年末年始を除く平日10:00～18:00まで
印刷・製本　株式会社廣済堂
ISBN 978-4-04-066051-6 C0093
©Katsura Kasuga 2 013
Printed in JAPAN
http://www.kadokawa.co.jp/

※本書の無断複製（コピー、スキャン、デジタル化等）並びに無断複製物の譲渡及び配信は、著作権法上の例外を除き禁じられています。また、本書を代行業者等の第三者に依頼して複製する行為は、たとえ個人や家庭内での利用であっても一切認められておりません。
※定価はカバーに表示してあります。
※乱丁本・落丁本は送料小社負担にてお取り替えいたします。カスタマーサポートセンターまでご連絡ください。古書店で購入したものについては、お取り替えできません。

企画　株式会社フロンティアワークス　メディアファクトリー
編集　辻 政英／小寺盛巳（株式会社フロンティアワークス）
ブックデザイン　ウエダデザイン室
デザインフォーマット　ragtime
イラスト　さめだ小判

本書は小説投稿サイト「小説家になろう」（http://syosetu.com/）初出の作品を加筆の上書籍化したものです。

ファンレター、作品のご感想をお待ちしています

宛先
〒150-0002　東京都渋谷区渋谷3-3-5
株式会社 KADOKAWA　MFブックス編集部気付
「桂かすが先生」係「さめだ小判先生」係

二次元コードまたはURLご利用の上
本書に関するアンケートにご協力ください。
http://mfe.jp/mfn/

●スマートフォンにも対応しております（一部対応していない機種もございます）。
●お答えいただいた方全員に、作者が書き下ろした「こぼれ話」をプレゼント!
●サイトにアクセスする際や、登録・メール送信時にかかる通信費はご負担ください。